GUILLAUME LE MARECHAL

Robert de Barron : combattants du Graal. Estoire de Merlin vers 1280.
Bibliothèque Nationale. Paris.

Adaptation et dessins : Jean-Marie Ruffieux
Commentaire encyclopédique : Jean-Claude Perrier

Préface de Georges Duby

DARGAUD HISTOIRE

PARIS • BARCELONE • BRUXELLES • LAUSANNE • LONDRES • MONTREAL • NEW YORK • STUTTGART

Guillaume le Maréchal n'est pas un personnage imaginaire. Sa longue vie s'est déroulée durant la seconde moitié du XIIe siècle et le début du XIIIe, en Angleterre où il était né, en France où il fit hommage au roi pour le fief qu'il tenait de lui en Normandie et où il se battit maintes fois contre les guerriers français, dans les tournois ou à la guerre. Il mourut très âgé en 1219 ; il exerçait alors la régence du royaume d'Angleterre, au nom du tout jeune Henri III. Quand Philippe Auguste apprit sa mort, il déclara qu'il n'avait jamais rencontré meilleur chevalier, plus courageux et plus loyal.
Le récit de ses exploits fut commandé par son fils à un très bon écrivain, qui travailla très sérieusement, recueillant en particulier les souvenirs du plus intime compagnon du défunt. L'œuvre fut rédigée en vers français : c'était en ce temps la langue que parlait l'aristocratie anglaise. Par hasard, ce texte est parvenu jusqu'à nous. Il relate une exceptionnelle réussite. Mais le Maréchal avait vécu comme vivaient tous les chevaliers.
Utilisant les informations riches et très concrètes que procure ce document admirable, leur adjoignant ce qu'il sait par ailleurs de la société de ce temps, l'historien peut reconstituer dans les moindres détails ce que fut l'existence de l'homme de guerre, de part et d'autre de la Manche, à l'époque où s'épanouissait la chevalerie. J'ai tenté de le faire dans un livre paru en 1984. La matière en est ici présentée sous une autre forme, la bande dessinée plus accessible, qui, j'en suis sûr, aidera à répandre très largement la connaissance exacte et profonde de ce qu'on appelle la féodalité.

Georges Duby
Membre de l'Institut
Professeur au Collège de France

Directeur de collection : Bruno Lagrange.
Dans la même collection :
– une Bible en bande dessinée : T1 Ancien Testament - Évangiles
T2 Les Actes des Apôtres
– Les Patriarches.
– David et Salomon.
– Hérode le Grand.
En préparation :
– La première guerre des Juifs contre les Romains, Massada.
– Alexandre le Grand.

Dépôt légal Avril 1987 - N° 10927
ISBN 2-205-03382-4
ISSN 0758-4970

Imprimé en France - Publiphotoffset 75011 Paris - en avril 1987
Printed in France

EN L'AN DE GRÂCE 1168 EN ANGLETERRE, AU CHÂTEAU DU COMTE PATRICE DE SALISBURY...
...OUI MON ONCLE... C'EST MON PLUS VIEUX SOUVENIR... J'AI COMMENCÉ MA VIE...
DANS LES BRAS D'UN ROI... TU ME L'AS DÉJÀ DIT GUILLAUME...
PAR DIEU, LE MARÉCHAL AIME BIEN RAPPELER CET ÉVÉNEMENT !
POUR SÛR, MESSIRE !... C'ÉTAIT EN 1150... PEUT-ÊTRE 51... J'AVAIS 5 OU 6 ANS. LE ROI ETIENNE (*) ASSIÉGEAIT NEWBURY QUE JEAN LE MARÉCHAL, MON PÈRE DÉFENDAIT POUR LE COMPTE DE LA REINE MATHILDE...
(*) ETIENNE DE BLOIS, ROI D'ANGLETERRE
...MON PÈRE OBTINT UNE TRÊVE. LE ROI DEMANDAIT DES GARANTIES, JE LUI FUS ENVOYÉ COMME OTAGE...
SIRE, NOUS AVONS ÉTÉ FLOUÉS. LE MARÉCHAL A PROFITÉ DE LA TRÊVE POUR RENFORCER SES DÉFENSES !
TUONS L'OTAGE !
MENAÇONS LE MARÉCHAL... DE PENDRE SON FILS !
LA RÉPONSE NE TARDE PAS.
SIRE, PEU LUI CHAUT DE L'ENFANT... LE MARÉCHAL VOUS FAIT DIRE QU'IL A L'ENCLUME ET LE MARTEAU POUR EN FORGER UN PLUS BEAU.
CATAPULTONS LE GAMIN PAR DELÀ L'ENCEINTE !
À QUOI JOUE-T-ON ?... À LA BALANÇOIRE ?...
LE ROI S'ATTENDRIT ET ME PRIT DANS SES BRAS.
1

LE ROI ETIENNE ME GARDAIT VOLONTIERS SOUS SA TENTE. NOUS JOUIONS À LA COURTE PAILLE ET... JE GAGNAIS !
... PARLE - NOUS ENCORE DE TES ENFANCES, GUILLAUME, QUAND AS-TU QUITTÉ LA MAISON DE MA SOEUR ?
J'AI ONZE ANS LORSQUE JE PRENDS CONGÉ DE MA MÈRE ET DE MES SOEURS.
DIEU TE GARDE, MON FILS ! TON PÈRE A DÉCIDÉ DE TE PLACER EN NORMANDIE AUPRÈS DE NOTRE COUSIN GUILLAUME DE TANCARVILLE, CHAMBELLAN DU ROI HENRI (*).
ADIEU MA MÈRE !
(*) HENRI II PLANTAGENÊT, FILS DE MATHILDE ET ROI D'ANGLETERRE.
JE PARS ACCOMPAGNÉ D'UN PETIT GARS ET D'UN SERVITEUR...
MON COUSIN EST RICHE ET PUISSANT. DANS SON CHÂTEAU NOUS NE MANQUERONS DE RIEN.
DAMOISEAUX, CHEZ LE SIRE DE TANCARVILLE, VOUS RETROUVEREZ D'AUTRES GARÇONS DE SA PROCHE PARENTÉ... LÀ, ON FERA DE VOUS DE PREUX CHEVALIERS !
AU CHÂTEAU DE TANCARVILLE.
IL N'Y EN A QUE POUR LE MARÉCHAL ICI... POURQUOI TANCARVILLE S'ENCOMBRE-T-IL DE CE BON À RIEN... QUI NE PENSE QU'À MANGER ?
UN GÂTE VIANDE ! QUAND IL NE MANGE PAS, IL DORT !
2

À PLUSIEURS REPRISES NOUS EN AVONS PARLÉ À NOTRE ONCLE. IL LAISSE DIRE. IL A UN FAIBLE POUR GUILLAUME.
REGARDE MOI ÇA ! ... À LUI LES PLUS BEAUX MORCEAUX !
HÉ OUI ! JE PROSPÉRAIS... ME VOILÀ ÉCUYER ...
HUIT ANNÉES D'APPRENTISSAGE... CHASSANT...
VLOO! VLOO!
... APPRENANT LE MANIEMENT DES ARMES...
HAN !
SUIVI D'UNE BONNE QUINTAINE.
... ET POUR FINIR, L'ENTRÉE EN CHEVALERIE DANS UN ADOUBEMENT COLLECTIF.
3

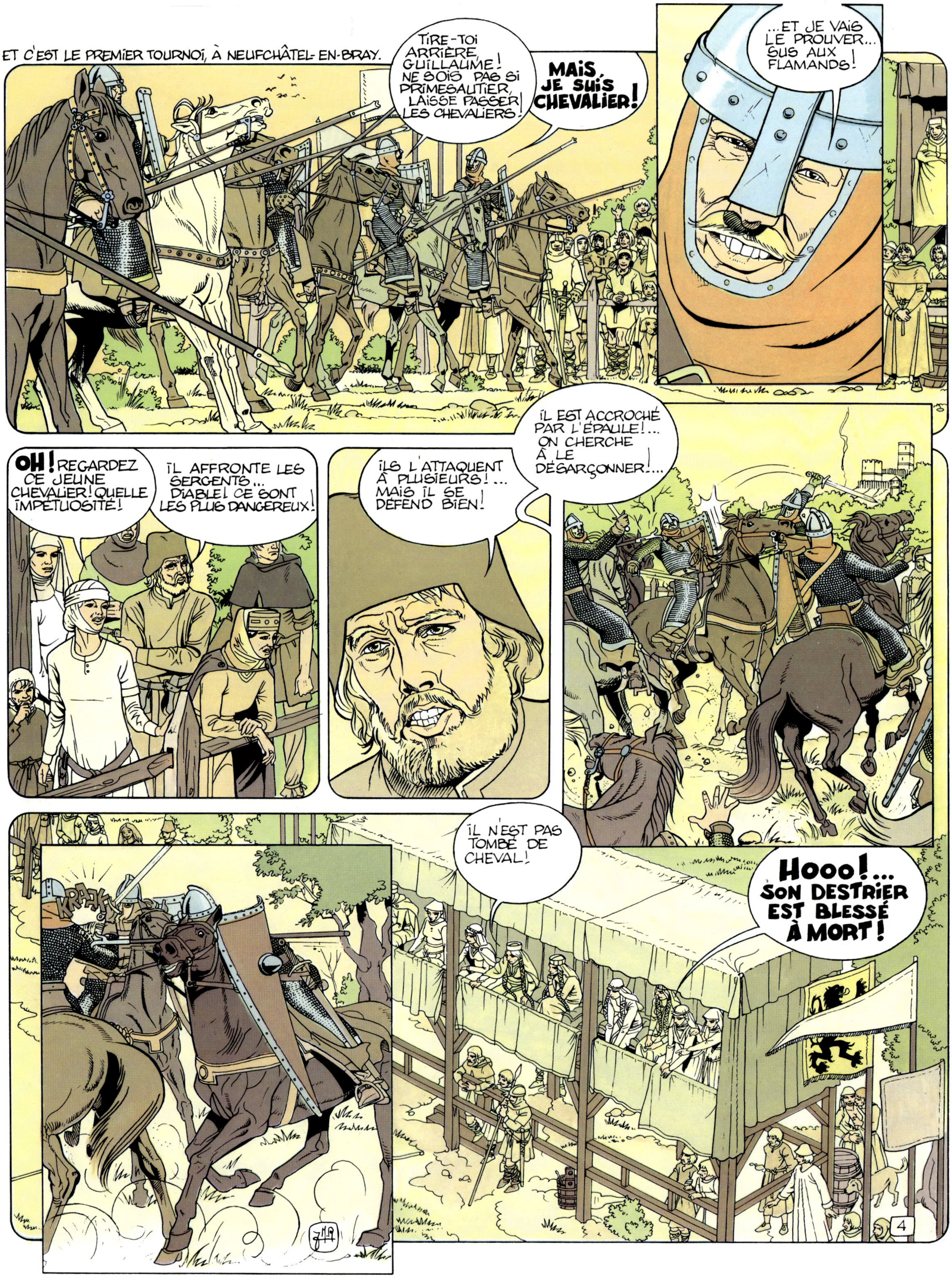
ET C'EST LE PREMIER TOURNOI, À NEUFCHÂTEL-EN-BRAY.
TIRE-TOI ARRIÈRE, GUILLAUME! NE SOIS PAS SI PRIMESAUTIER, LAISSE PASSER LES CHEVALIERS!
MAIS, JE SUIS CHEVALIER!
...ET JE VAIS LE PROUVER... SUS AUX FLAMANDS!
OH! REGARDEZ CE JEUNE CHEVALIER! QUELLE IMPÉTUOSITÉ!
IL AFFRONTE LES SERGENTS... DIABLE! CE SONT LES PLUS DANGEREUX!
ILS L'ATTAQUENT À PLUSIEURS!... MAIS IL SE DÉFEND BIEN!
IL EST ACCROCHÉ PAR L'ÉPAULE!... ON CHERCHE À LE DÉSARÇONNER!...
KRAK
IL N'EST PAS TOMBÉ DE CHEVAL!
HOOO!... SON DESTRIER EST BLESSÉ À MORT!
4

LE SOIR, AU COURS DU GRAND FESTIN DONNÉ PAR GUILLAUME DE TANCARVILLE...
MARÉCHAL, DONNE-MOI QUELQUE CHOSE... UNE CROUPIÈRE... OU UN VIEUX COLLIER...
..MAIS JE N'AI RIEN!
HA! HA! HA!
RIEN, DIS-TU, MARÉCHAL? ...TU AS DE LA VAILLANCE À REVENDRE... APPRENDS QUE LA VAILLANCE SERT D'ABORD À DEVENIR RICHE!
OR, CE SOIR, APRÈS AVOIR GALOPÉ ET FERRAILLÉ MIEUX QUE LA PLUPART D'ENTRE NOUS, TON CHEVAL MORT, IL NE TE RESTE QUE TON ÉPÉE, UN HAUBERT DÉCHIRÉ ET LA MARQUE DU CROC DE FER À L'ÉPAULE.
CETTE MARQUE, JE LA PORTE ENCORE... J'ÉTAIS DANS LE PLUS GRAND DÉNUEMENT, D'AUTANT QUE, DÈS LE RETOUR À TANCARVILLE, J'APPRENAIS QUE MON APPRENTISSAGE ÉTANT TERMINÉ, LE CHAMBELLAN NE ME NOURRIRAIT PLUS ET QU'IL ME FAUDRAIT PARTIR.
MAUVAIS DÉPART, EN VÉRITÉ MON NEVEU!... PARTIR AINSI, SANS MONTURE, SANS RIEN EN POCHE.
SANS MANTEAU, JE VENAIS DE LE VENDRE, CE QUI ME PERMIT D'ACHETER UNE BOURRIQUE... MAIS LA CHANCE ÉTAIT AVEC MOI...
...ALORS QUE JE M'APPRÊTAIS À QUITTER TANCARVILLE.
UN INSTANT GUILLAUME, JE VIENS D'APPRENDRE QU'UN TOURNOI SE PRÉPARE... JE T'ENGAGE... TU AS LÀ UNE CHANCE DE COMPLÉTER TON ÉQUIPEMENT.
UN PEU PLUS TARD.
TOUS LES BONS CHEVAUX ONT ÉTÉ DISTRIBUÉS À MA MESNIE (•), GUILLAUME... IL NE RESTE QUE CELUI-CI.
(•) MAISONNÉE.
IL EST BON, BEAU ET BIEN TAILLÉ, MAIS MAL DRESSÉ... PERSONNE NE S'EN EST ENCORE SERVI DANS UN TOURNOI.
5

¡IL ME CONVIENT!
HIIIIIIII
QUI EST CELUI-LÀ QUI SAIT SI BIEN SE SERVIR DE SES ARMES ?
SON ÉCU EST DE TANCARVILLE!
CE JOUR LÀ, MON ONCLE, JE FIS QUATRE PRISONNIERS ET DEMI... JE PARTAGEAIS LE CINQUIÈME AVEC UN COMPAGNON QUI AFFIRMAIT M'AVOIR AIDÉ À LE CAPTURER.
IL S'EST BIEN FAIT AVOIR!
BON SANG NE SAURAIT MENTIR! JE SUIS HEUREUX DE T'AVOIR DANS MA MESNIE.
LA SEMAINE PROCHAINE, NOUS GAGNERONS LE CONTINENT. LE ROI ME CHARGE D'ESCORTER LA REINE ALIENOR (*) EN POITOU!
(*) ALIENOR D'AQUITAINE, ÉPOUSE D'HENRI II D'ANGLETERRE.
6

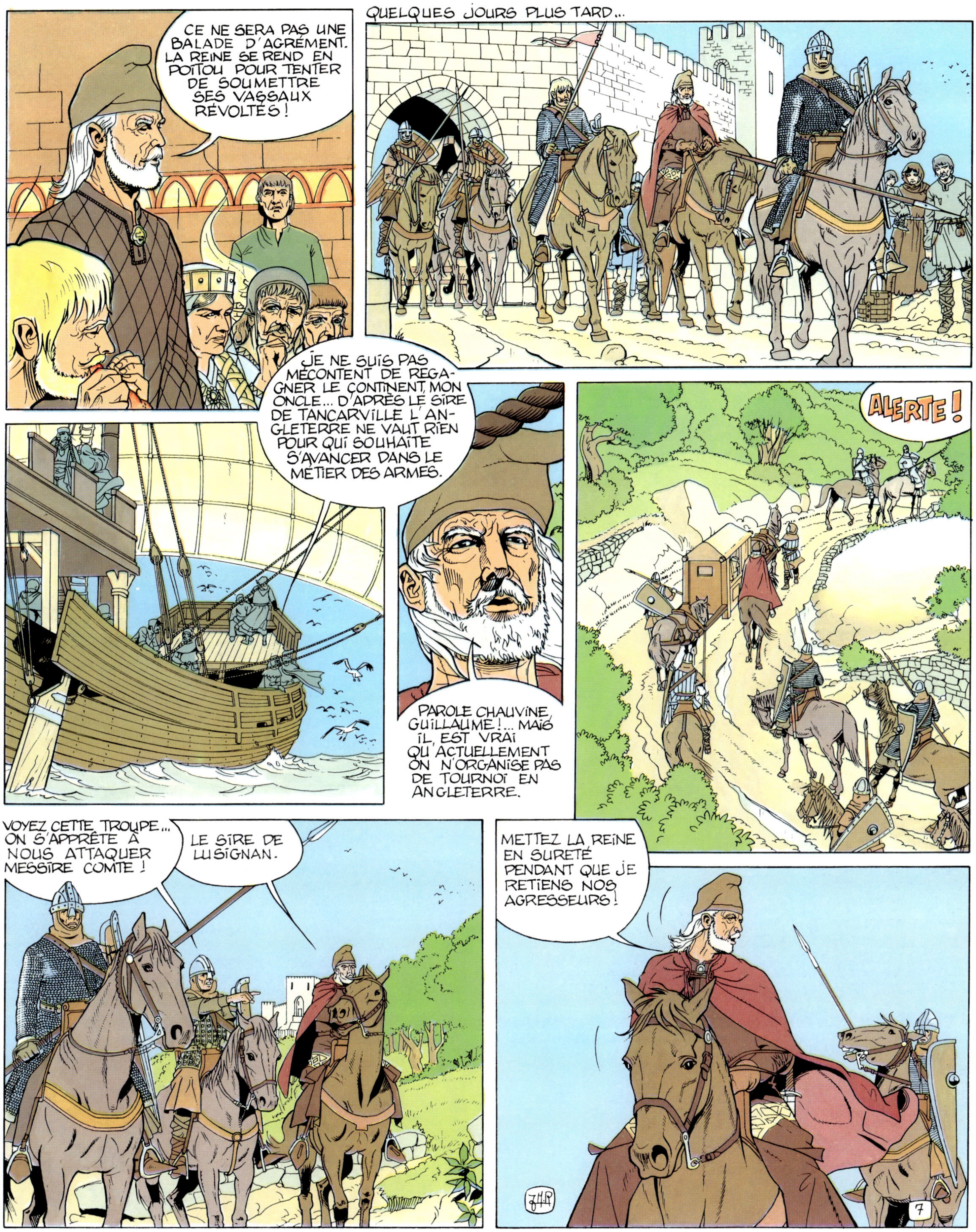
CE NE SERA PAS UNE BALADE D'AGRÉMENT. LA REINE SE REND EN POITOU POUR TENTER DE SOUMETTRE SES VASSAUX RÉVOLTÉS !
QUELQUES JOURS PLUS TARD...
JE NE SUIS PAS MÉCONTENT DE REGAGNER LE CONTINENT, MON ONCLE... D'APRÈS LE SIRE DE TANCARVILLE L'ANGLETERRE NE VAUT RIEN POUR QUI SOUHAITE S'AVANCER DANS LE MÉTIER DES ARMES.
PAROLE CHAUVINE GUILLAUME !... MAIS IL EST VRAI QU'ACTUELLEMENT ON N'ORGANISE PAS DE TOURNOI EN ANGLETERRE.
ALERTE !
VOYEZ CETTE TROUPE... ON S'APPRÊTE À NOUS ATTAQUER MESSIRE COMTE !
LE SIRE DE LUSIGNAN.
METTEZ LA REINE EN SURETÉ PENDANT QUE JE RETIENS NOS AGRESSEURS !
7

VITE, MENEZ-LUI CE CHEVAL, LE SIEN EST NU !
ATTENDEZ MON ONCLE VOUS N'ÊTES PAS ÉQUIPÉ !
HAAAAA
MAIS
PAR DERRIÈRE !... À LA POITEVINE... HA ! LES GUEUX, LES LACHES !
VILS FÉLONS ! TRAITRES, SOYEZ PUNIS POUR CET IGNOBLE CRIME !
VENGEANCE
VENGE... AHHH !
EMMENEZ-LE !... C'EST UNE BONNE PRISE !
8

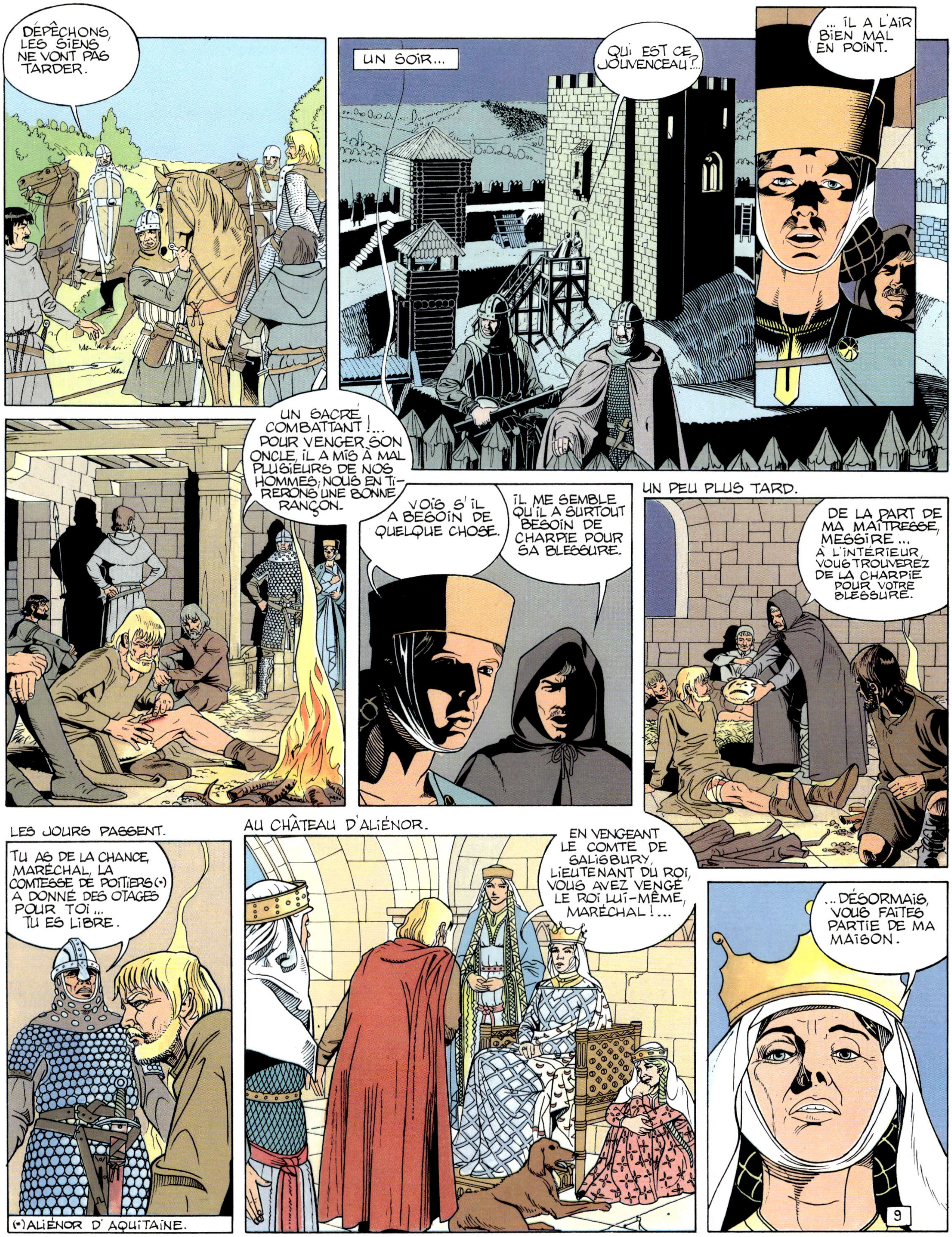
DÉPÊCHONS, LES SIENS NE VONT PAS TARDER.
UN SOIR...
QUI EST CE JOUVENCEAU ?...
... IL A L'AIR BIEN MAL EN POINT.
UN SACRÉ COMBATTANT !... POUR VENGER SON ONCLE, IL A MIS À MAL PLUSIEURS DE NOS HOMMES; NOUS EN TIRERONS UNE BONNE RANÇON.
VOIS S'IL A BESOIN DE QUELQUE CHOSE.
IL ME SEMBLE QU'IL A SURTOUT BESOIN DE CHARPIE POUR SA BLESSURE.
UN PEU PLUS TARD.
DE LA PART DE MA MAÎTRESSE, MESSIRE ... À L'INTÉRIEUR, VOUS TROUVEREZ DE LA CHARPIE POUR VOTRE BLESSURE.
LES JOURS PASSENT.
TU AS DE LA CHANCE, MARÉCHAL, LA COMTESSE DE POITIERS (*) A DONNÉ DES OTAGES POUR TOI... TU ES LIBRE.
(*) ALIÉNOR D'AQUITAINE.
AU CHÂTEAU D'ALIÉNOR.
EN VENGEANT LE COMTE DE SALISBURY, LIEUTENANT DU ROI, VOUS AVEZ VENGÉ LE ROI LUI-MÊME, MARÉCHAL !...
... DÉSORMAIS, VOUS FAITES PARTIE DE MA MAISON.
9

DEUX ANS PLUS TARD HENRI II FAIT SACRER ET COURONNER SON FILS AÎNÉ, HENRI LE JEUNE, ALORS AGÉ DE 15 ANS.
IL ME FAUT CONSTITUER LA MAISON DE MON FILS.
HENRI LE JEUNE A BESOIN D'UN MENTOR... UN HOMME DE CONFIANCE POUR L'INSTRUIRE DANS LE MÉTIER DES ARMES...
MARÉCHAL, JE T'AI CHOISI POUR GARDER ET POUR ENSEIGNER LE JEUNE ROI D'ANGLETERRE.
10

REGARDEZ LA MESNIE D'HENRI LE JEUNE... LE MARÉCHAL ET SA BANDE DE NORMANDS!
ON DIT QUE MARÉCHAL SE GLORIFIE D'ÊTRE SIRE ET MAÎTRE DE SON SEIGNEUR.
HENRI LE JEUNE N'A RIEN ENCORE MAIS IL RÉGNERA BIENTÔT. JE FERAI ALORS BELLE FORTUNE À SES CÔTÉS.
MON SEIGNEUR, POUR ASSURER LES BESOINS DE VOTRE MAISON, DEMANDEZ À VOTRE PÈRE L'UN DES GRANDS FIEFS DE VOS ANCÊTRES.
LA NORMANDIE PAR EXEMPLE, OU L'ANJOU.
MAIS HENRI II SE MÉFIE DE SON FILS
MON FILS MANQUE PAR TROP DE MATURITÉ. JE NE PUIS LUI ABANDONNER DE SI BELLES PIÈCES.
IL EST AUSSI TRÈS DÉPENSIER SIRE.
AVANT HIER, C'ÉTAIT CINQ CENTS LIVRES, IL N'EN A PLUS...
SA MAISON LE POUSSE À EXIGER TOUJOURS PLUS...
IL EST À CRAINDRE QU'IL NE SUPPORTE PLUS DE DÉPENDRE DE VOS LIBÉRALITÉS.
D'AUTANT QUE BON NOMBRE DE VOS VASSAUX ESSAIENT DE LE DRESSER CONTRE VOUS.
EN 1173, ALORS QU'HENRI II EST INSTALLÉ À ALENÇON...
SIRE, EN ANGLETERRE PLUSIEURS BARONS SE SONT SOULEVÉS CONTRE VOUS.
VOTRE FILS HENRI VIENT LUI, AUSSI DE SE RÉVOLTER ENTRAÎNANT AVEC LUI SON FRÈRE RICHARD... LES REBELLES SE SONT INSTALLÉS AU SUD DE LA LOIRE SUR LES TERRES DE LEUR MÈRE.
11

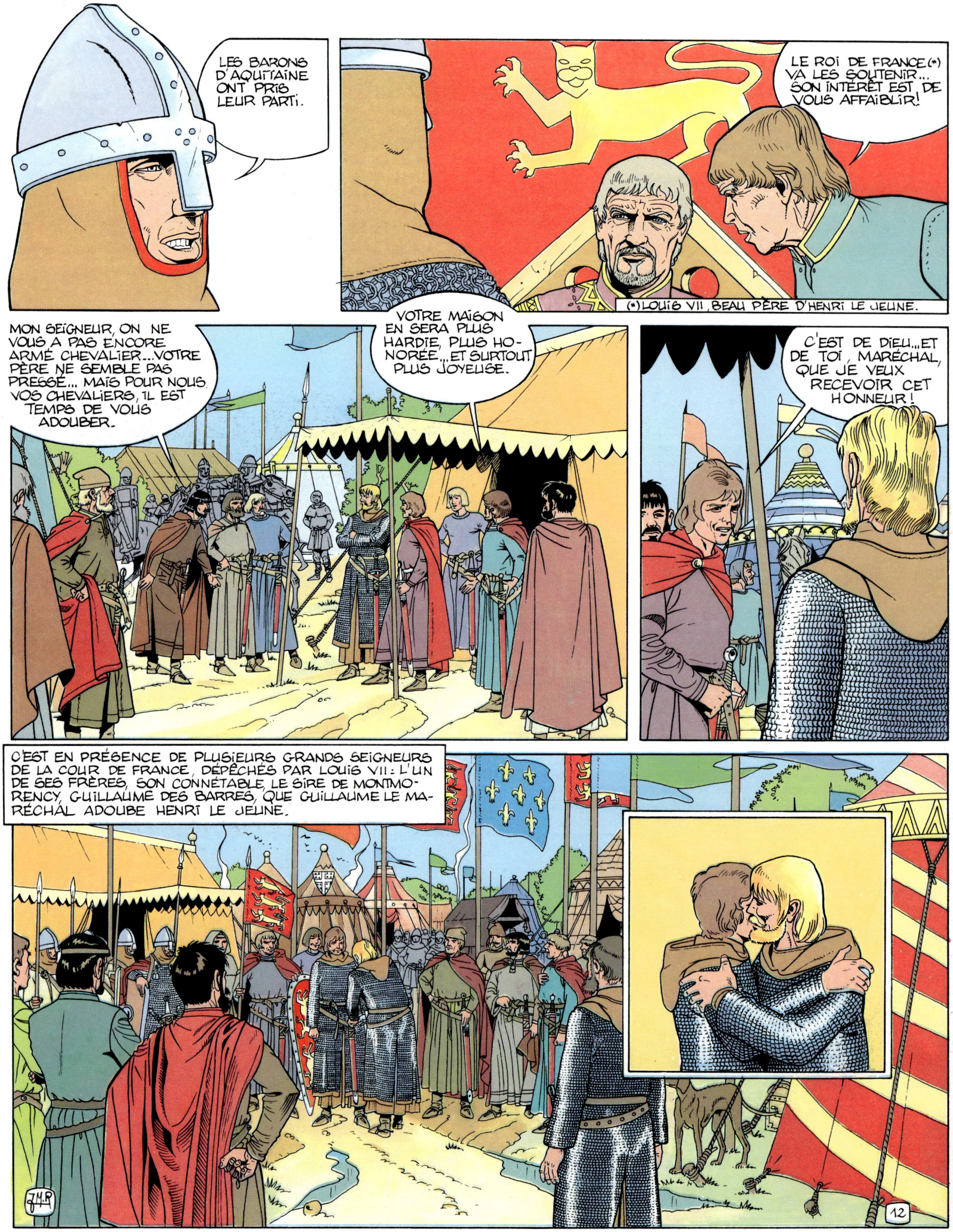
LES BARONS D'AQUITAINE ONT PRIS LEUR PARTI.
LE ROI DE FRANCE(*) VA LES SOUTENIR... SON INTÉRÊT EST DE VOUS AFFAIBLIR!
(*) LOUIS VII, BEAU PÈRE D'HENRI LE JEUNE.
MON SEIGNEUR, ON NE VOUS A PAS ENCORE ARMÉ CHEVALIER... VOTRE PÈRE NE SEMBLE PAS PRESSÉ... MAIS POUR NOUS VOS CHEVALIERS, IL EST TEMPS DE VOUS ADOUBER.
VOTRE MAISON EN SERA PLUS HARDIE, PLUS HONORÉE... ET SURTOUT PLUS JOYEUSE.
C'EST DE DIEU... ET DE TOI, MARÉCHAL, QUE JE VEUX RECEVOIR CET HONNEUR!
C'EST EN PRÉSENCE DE PLUSIEURS GRANDS SEIGNEURS DE LA COUR DE FRANCE, DÉPÊCHÉS PAR LOUIS VII : L'UN DE SES FRÈRES, SON CONNÉTABLE, LE SIRE DE MONTMORENCY, GUILLAUME DES BARRES, QUE GUILLAUME LE MARÉCHAL ADOUBE HENRI LE JEUNE.
JMR
12

À CETTE OCCASION, LE MARÉCHAL NOUE UNE SOLIDE AMITIÉ AVEC LES SEIGNEURS FRANÇAIS.
JE BOIS À NOS ALLIÉS...
CETTE AMITIÉ DURERA EN DÉPIT DE TOUS LES CONFLITS ET LES TRAHISONS.
LA PAIX REVIENT À L'AUTOMNE 1174.
SIRE, LE ROI VOUS ACCORDE SON PARDON...
C'EST UNE CHANCE... IL PARAIT QUE LE ROI A ÉTÉ TRÈS DUR AVEC LES REBELLES ANGLAIS.
HENRI LE JEUNE RENTRE EN ANGLETERRE UN AN PLUS TARD. IL NE TARDE PAS À S'Y ENNUYER.
JE SUIS LAS DE LA CHASSE... ET LES PALABRES M'ENNUIENT.
RETOURNONS SUR LE CONTINENT SIRE... LÀ-BAS IL Y A DES TOURNOIS.
SIRE, JE DÉSIRERAIS ALLER EN PÉLERINAGE À SAINT JACQUES DE COMPOSTELLE.
ALLEZ, HENRI.
À NOUS LA BELLE ERRANCE!... QUELLE EST LA ROUTE LA PLUS COURTE POUR TRAVERSER LA MANCHE?
DOUVRES WISSANT, PRÈS DE BOULOGNE SIRE.
LE 19 AVRIL 1176...
TOURNONS PAR CE PAYS, À NOUS LE BUTIN!
MES AMIS LA VIE EST BELLE! NOUS ALLONS POUVOIR TOURNOYER JUSQU'À LA FROIDURE.
À CETTE ÉPOQUE, L'ENGOUEMENT POUR LES TOURNOIS EST À SON COMBLE. LES CHEVALIERS Y PARTICIPENT EN FOULE, RASSEMBLÉS EN ÉQUIPES. LES VAINCUS ABANDONNENT LEURS ARMES, LEURS ARMURES, LEURS DESTRIERS, PARFOIS MÊME DE FORTES SOMMES D'ARGENT À LEURS VAINQUEURS.
LE COMTE DE FLANDRE, PHILIPPE D'ALSACE, NOUS FAIT SAVOIR QU'IL NOUS ATTEND À ARRAS POUR NOUS CONDUIRE AU TOURNOI DE GOURNAI.
NOTRE ÉQUIPE DEVRA S'Y MONTRER LA MEILLEURE... SOYEZ VALEUREUX, MES AMIS! NE CRAIGNEZ PAS LES CHUTES! C'EST ENTRE LES PIEDS DES CHEVAUX QU'IL FAUT CHERCHER LES PREUX!
13

BIEN QUE SUPERBEMENT ÉQUIPÉE PAR PHILIPPE D'ALSACE, L'ÉQUIPE D'HENRI LE JEUNE SE FAIT BATTRE...
NOUS AVONS PERDU BEAUCOUP, AUJOURD'HUI... TA VAILLANCE, MARÉCHAL, NOUS A ÉVITÉ L'HUMILIATION.
L'ÉQUIPE DES FRANÇAIS (*) NE PERD AUCUNE OCCASION D'AFFRONTER CELLE DU JEUNE ROI.
VOYEZ DONC LES SUPERBES HARNAIS, LES BEAUX DESTRIERS QUE NOUS ALLONS PRENDRE AUX ANGLAIS !
SANS PARLER DES STERLING QUI REMPLIRONT NOS POCHES, À LA CONDITION DE NE PAS TOMBER SUR MARÉCHAL.
(*) DE L'ANCIEN DUCHÉ DE FRANCE, CENTRE DU BASSIN PARISIEN.
CEPENDANT, AU FIL DES TOURNOIS...
IL DEVIENT DE PLUS EN PLUS DIFFICILE DE BATTRE LES COULEURS ANGLAISES.
GRÂCE À MARÉCHAL, CELLES-CI CONQUIÈRENT PEU À PEU HONNEUR, RENOM ET BUTIN.
HENRI LE JEUNE ENGAGE DANS SON ÉQUIPE LES MEILLEURS CHEVALIERS DE FRANCE, DE FLANDRE ET DE CHAMPAGNE. IL EST D'UNE EXTRAORDINAIRE PRODIGALITÉ.
SIRE, NOUS AVONS MAINTENANT UNE ÉQUIPE DIGNE DE VOUS ET...
MESSIRE, PLUSIEURS PERSONNES VIENNENT PRÉSENTER LEURS CRÉANCES.
PAR DIEU, MAIS... LA DETTE SE MONTE À 600 LIVRES.
LA MAISON N'A PAS CES DENIERS, SANCHO, MAIS TU LES AURAS DANS UN MOIS. JE SUIS TON OTAGE.
14.

SIRE, LES HÉRAUTS ANNONCENT QU'UN COMBAT SE PRÉPARE À LAGNY (1)... PLUSIEURS ÉQUIPES SONT DÉJÀ EN ROUTE POUR S'Y RENDRE... NOUS NOUS METTRONS EN MARCHE DEMAIN AVANT NONE. (2)
(1) LAGNY-SUR-MARNE. (2) MIDI.
QUELQUES JOURS PLUS TARD...
REGARDE !... VOILÀ LA FORMATION DU ROI, HENRI... ON DIT QU'ELLE COMPTE QUATRE-VINGTS CHEVALIERS !
SÛREMENT PLUS !... VOIS, IL Y A AU MOINS QUINZE BANNERETS ! (*)
(*) CHEF DE CONTINGENT.
LE ROI HENRI DÉPENSE SANS COMPTER. IL PARAÎT QU'IL VERSE AUX BANNERETS VINGT SOUS PAR JOUR POUR CHACUN DE LEURS CHEVAUX.
JE LUI VENDRAI SANS DIFFICULTÉ TOUTES MES BÊTES, Y COMPRIS LES SOMMIERS ! (*)
(*) CHEVAUX DE SOMME.
QUELLE CALAMITÉ ! CES TOURNOIS ATTIRENT PLUS DE MONDE QUE LES PLUS GRANDS PÈLERINAGES !
MALGRÉ LA CONDAMNATION DE NOTRE MÈRE L'ÉGLISE. VOYEZ TOUS CES CHEVALIERS QUI VONT SE MUTILER AU LIEU DE COMBATTRE LE MAL, L'HÉRÉSIE OU LES SARRASINS (*) !
(*) NOM DONNÉ PAR LES CHRÉTIENS AUX MUSULMANS.
REGARDEZ, C'EST LE MARÉCHAL ! ... UN DES MEILLEURS CHEVALIERS.
QUELLE FOULE ! AU MOINS TROIS MILLE CHEVALIERS ET LEUR SUITE ! LE TOURNOI SERA FANTASTIQUE !
15

LA NUIT EST TOMBÉE. DANS L'HÔTEL D'HENRI LE JEUNE, CHACUN FOURBIT SES ARMES.
COMPAGNONS, DEMAIN LA JOURNÉE SERA RUDE! SOUHAITONS QUE LES AMUSETTES D'OUVERTURE NE DURENT GUÈRE.
AU PETIT MATIN, AVANT QUE NE COMMENCENT LES CHOSES SÉRIEUSES, LES JEUNES DÉBUTANTS S'AFFRONTENT EN RENCONTRES AMICALES.
CES JOUTES PLAIDISSES OÙ IL N'Y A RIEN À GAGNER SONT VRAIMENT SANS INTÉRÊT.
LE TOURNOI PROPREMENT DIT, REGROUPE EN DEUX CAMPS LES DIFFÉRENTES ÉQUIPES. CELLES-CI S'AFFRONTENT, FRAPPANT ET "TOURNOYANT" JUSQU'À LA VICTOIRE.
ÇA! DIEU AIDE LE MARÉCHAL!
SERREZ LES RANGS, NOUS ALLONS POINDRE! (*)
SUR LES CÔTÉS DU "CHAMP", LES LICES DÉLIMITENT DES REFUGES OÙ LES COMBATTANTS PEUVENT SE REPOSER.
(*) PIQUER
L'ÉQUIPE ADVERSE EST ENFONCÉE.
JMR
SÉPARÉ DE SON ÉQUIPE, HENRI EST ASSAILLI PAR PLUSIEURS CHEVALIERS.
NOUS LE TENONS!
16

LE MARÉCHAL VEILLE...
PRÉAUX, MÈNE LE ROI EN SÉCURITÉ, JE ME CHARGE DE SES ADVERSAIRES!
PAR DIEU, VANCY! VOYEZ LÀ, LE ROI PRÈS D'ÊTRE PRIS!
IL A DÉJÀ PERDU SON HEAUME... NOUS LE TENONS!
MAIS LE MARÉCHAL EST DÉJÀ SUR EUX.
QUEL COUP A RÉUSSI LÀ LE MARÉCHAL!
SEUL CONTRE UNE TROUPE NOMBREUSE!
17

DANS CES GRANDS BALLETS MILITAIRES, CULBUTER LE CHEVALIER D'EN FACE PASSE AUPRÈS DES CONNAISSEURS, POUR LA FIGURE LA PLUS RÉUSSIE.
MARÉCHAL NE CESSE D'ACCUMULER LES EXPLOITS. IL A POUSSÉ L'ÉQUIPE D'ANGLETERRE AU PREMIER RANG.
ASSOCIÉ AVEC LE FLAMAND ROGER DE GAUGI, IL S'EST APPROPRIÉ 103 CHEVALIERS...
... CELA EN UN AN... ET ON NE COMPTE PAS LES DESTRIERS ET LES PIÈCES DE HARNAIS.
LA GLOIRE DE GUILLAUME LE MARÉCHAL NE TARDE PAS À FAIRE DE NOMBREUX ENVIEUX DANS LA MAISON D'HENRI LE JEUNE.
VOYEZ MARÉCHAL! HUNTINGTON ET CAMBRIDGE LUI CÈDENT LE PAS. LES HAUTS BARONS LE TRAITENT COMME L'UN DES LEURS!
ON NE PARLE QUE DE LUI EN FRANCE ET EN NORMANDIE... JE NE PUIS SUPPORTER QUE LE HÉRAUT D'ARME LANCE AVANT CHAQUE TOURNOI: "ÇA! DIEU AIDE LE MARÉCHAL!"
LE ROI NE JURE QUE PAR LUI... MAIS, VOYEZ, MARÉCHAL A SÉDUIT LA REINE (*). ADAM D'IQUEBOEUF ET THOMAS DE COULONGES EN SONT PERSUADÉS!
(*) MARGUERITE, FEMME D'HENRI LE JEUNE, SOEUR DE PHILIPPE-AUGUSTE.
NOUS SOMMES TOUS ABÂTARDIS SI NOUS CONTINUONS DE NOUS LAISSER DAMER LE PION PAR CET ANGLAIS! ADAM ET THOMAS ESSAIENT DE CONVAINCRE RAOUL DE HAMAR D'AVERTIR LE ROI.
MES AMIS, RAOUL DE HAMAR SE DÉROBE... MAIS THOMAS A UNE EXCELLENTE IDÉE.
FAISONS BOIRE RAOUL FARCI, LE PETIT VALET QUE LE ROI AIME... IL SE CHARGERA DE TOUT RACONTER À CELUI-CI!
JE NE PUIS LE CROIRE... UNE TELLE INFAMIE!
18

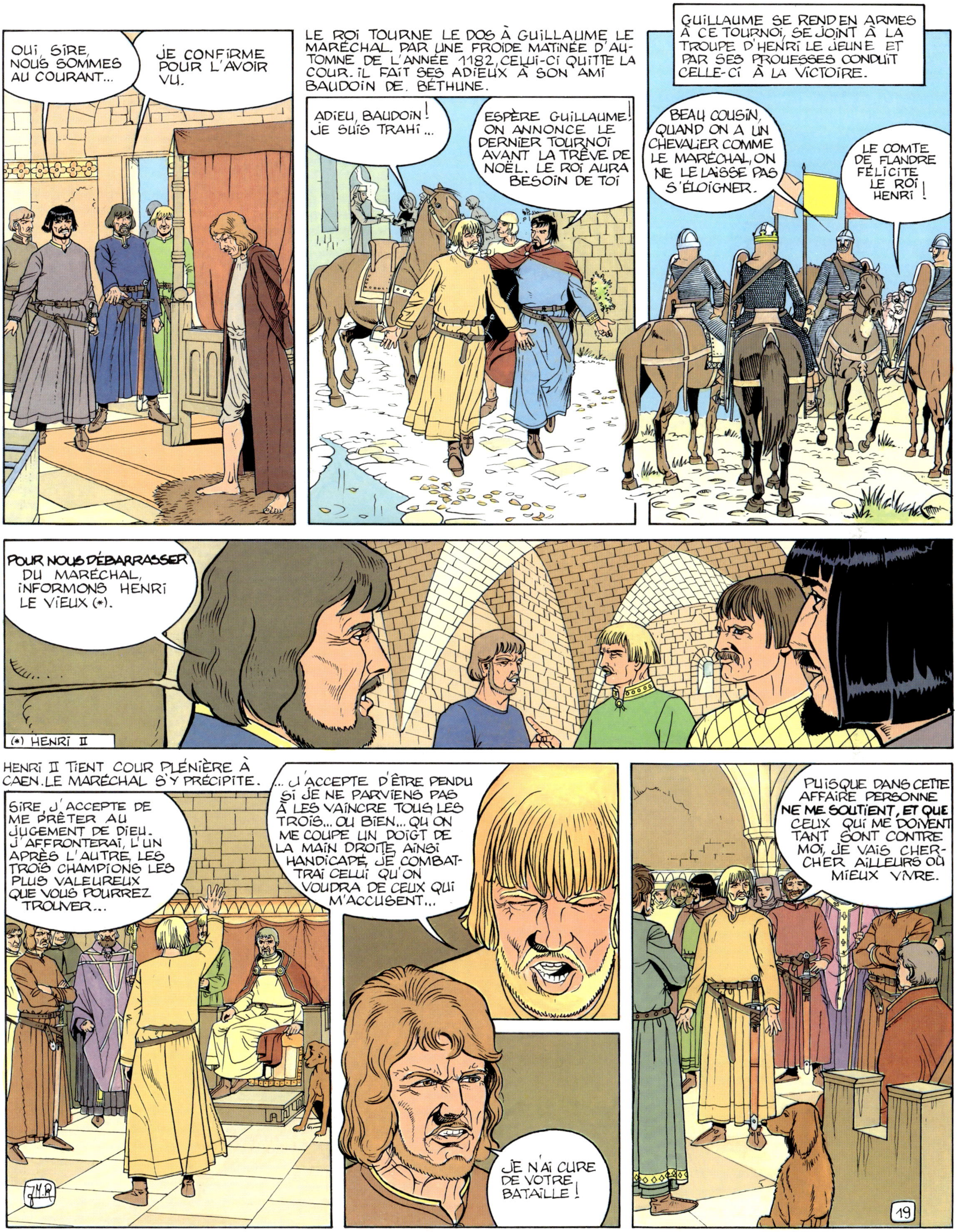
OUI, SIRE, NOUS SOMMES AU COURANT...
JE CONFIRME POUR L'AVOIR VU.
LE ROI TOURNE LE DOS À GUILLAUME LE MARÉCHAL. PAR UNE FROIDE MATINÉE D'AUTOMNE DE L'ANNÉE 1182, CELUI-CI QUITTE LA COUR. IL FAIT SES ADIEUX À SON AMI BAUDOIN DE BÉTHUNE.
ADIEU, BAUDOIN! JE SUIS TRAHI...
ESPÈRE GUILLAUME! ON ANNONCE LE DERNIER TOURNOI AVANT LA TRÊVE DE NOËL. LE ROI AURA BESOIN DE TOI
GUILLAUME SE REND EN ARMES À CE TOURNOI, SE JOINT À LA TROUPE D'HENRI LE JEUNE ET PAR SES PROUESSES CONDUIT CELLE-CI À LA VICTOIRE.
BEAU COUSIN, QUAND ON A UN CHEVALIER COMME LE MARÉCHAL, ON NE LE LAISSE PAS S'ÉLOIGNER.
LE COMTE DE FLANDRE FÉLICITE LE ROI HENRI!
POUR NOUS DÉBARRASSER DU MARÉCHAL, INFORMONS HENRI LE VIEUX (*).
(*) HENRI II
HENRI II TIENT COUR PLÉNIÈRE À CAEN. LE MARÉCHAL S'Y PRÉCIPITE.
SIRE, J'ACCEPTE DE ME PRÊTER AU JUGEMENT DE DIEU. J'AFFRONTERAI, L'UN APRÈS L'AUTRE, LES TROIS CHAMPIONS LES PLUS VALEUREUX QUE VOUS POURREZ TROUVER...
...J'ACCEPTE D'ÊTRE PENDU SI JE NE PARVIENS PAS À LES VAINCRE TOUS LES TROIS... OU BIEN... QU'ON ME COUPE UN DOIGT DE LA MAIN DROITE, AINSI HANDICAPÉ, JE COMBATTRAI CELUI QU'ON VOUDRA DE CEUX QUI M'ACCUSENT...
JE N'AI CURE DE VOTRE BATAILLE!
PUISQUE DANS CETTE AFFAIRE PERSONNE NE ME SOUTIENT, ET QUE CEUX QUI ME DOIVENT TANT SONT CONTRE MOI, JE VAIS CHERCHER AILLEURS OÙ MIEUX VIVRE.
19

IL ME PLAÎT, DU MOINS QU'UNE TELLE RÉUNION AIT PU VOIR DE SES YEUX QUE MON DROIT ME FUT RETIRÉ.
AU DEBUT DE L'ANNÉE 1183 GUILLAUME LE MARÉCHAL SE RETROUVE CHEVALIER ERRANT.
SEULE ME RESTE L'AMITIÉ DE BAUDOIN!... POUR L'HEURE, IL ME FAUT UN ÉCUYER.
À LA FOIRE DE LAGNY...
TRENTE LIVRES, MESSIRE. VOUS NE LE REGRETTEREZ PAS...
PAR DIEU, CE DESTRIER EN VAUT AU MOINS CINQUANTE.
AU TOURNOI DE GOURNAI.
MESSIRE, VOICI LE COMTE DE SAINT POL...
MARÉCHAL, JE DÉSIRE FAIRE PARTIE DE L'ÉQUIPE QUE TU MÈNES AUJOURD'HUI AU COMBAT.
C'EST TROP D'HONNEUR, MESSIRE COMTE, MAIS J'ACCEPTE DE COMBATTRE EN TA COMPAGNIE, À PART ÉGALE.
TU N'AS PAS UN BON CHEVAL, JE TE PRÊTE L'UN DE MES DESTRIERS.
QUELLE JOIE DE FRATERNISER AUX YEUX DE TOUS AVEC CE TRÈS HAUT BARON.
20

CEPENDANT CHEZ HENRI LE JEUNE.
BÉTHUNE, ON DIT QUE MARÉCHAL ÉPOUSERAIT TA SOEUR?
GUILLAUME A RÉPONDU À MON PÈRE QU'IL N'AVAIT PAS L'INTENTION DE SE MARIER... IL ATTEND LE MEILLEUR PARTI...
...LE COMTE DE FLANDRE ET LE DUC DE BOURGOGNE LUI ONT PROPOSÉ DE VÉRITABLES FORTUNES... GUILLAUME A REFUSÉ.
IL VIENT D'ENTREPRENDRE UN PÈLERINAGE À COLOGNE, AUX RELIQUES DES ROIS MAGES.
HA!
LE MARÉCHAL!... EN PÈLERINAGE!
OUI SIRE ROI, IL ESPÈRE OBTENIR DE CE SAINT VOYAGE UN MIRACLE, ÊTRE LAVÉ DU SOUPÇON D'ADULTÈRE QUI PÈSE SUR LUI...
HENRI LE JEUNE ROMPT AVEC SON PÈRE ET MÈNE À NOUVEAU LA GUERRE CONTRE LUI.
NOTRE SIRE ROI TIENT CONSEIL. IL A MANDÉ AUPRÈS DE LUI SON FRÈRE, GEOFFROY, COMTE DE BRETAGNE, LE SIRE DE LUSIGNAN ET ROGER DE GAUGI.
SIRE ROI, VOUS AVEZ BESOIN D'APPUI. RAPPELEZ LE MARÉCHAL.
GAUGI A RAISON, MON FRÈRE RAPPELLE MARÉCHAL. TU NE PEUX TROUVER MEILLEUR CONSEILLER DANS LES COMBATS.
QU'EN PENSES-TU, LUSIGNAN? JE SAIS QUE LE MARÉCHAL NE T'AIME PAS. IL TE TIENT POUR L'INSTIGATEUR DU MEURTRE DE SON ONCLE.
SIRE ROI, JE SUIS PRÊT À ME BATTRE EN DUEL POUR PROUVER QUE LES ACCUSATIONS PORTÉES CONTRE LA REINE ET LE MARÉCHAL SONT SANS FONDEMENT.
JHR
21

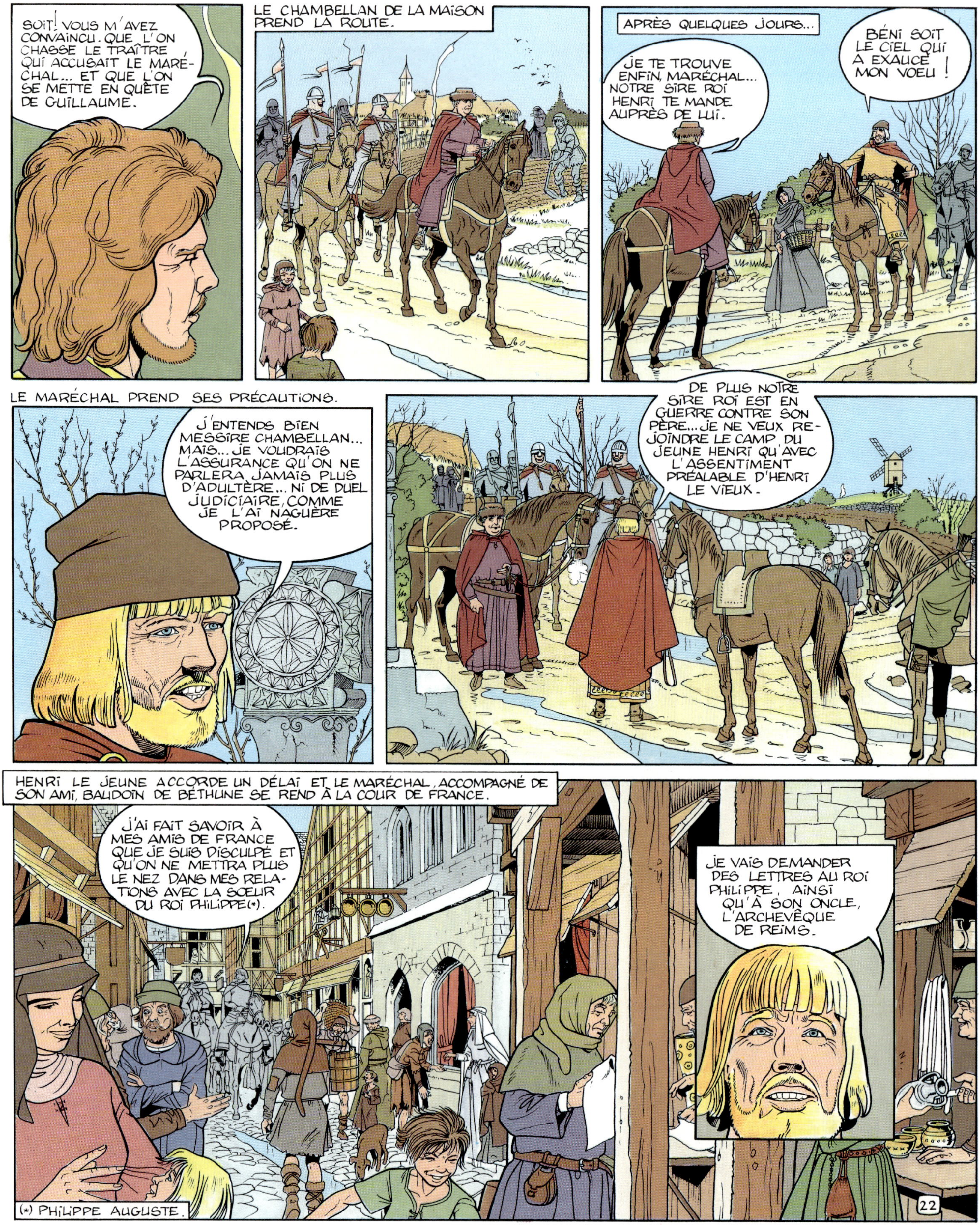
SOIT! VOUS M'AVEZ CONVAINCU. QUE L'ON CHASSE LE TRAÎTRE QUI ACCUSAIT LE MARÉCHAL... ET QUE L'ON SE METTE EN QUÊTE DE GUILLAUME.
LE CHAMBELLAN DE LA MAISON PREND LA ROUTE.
APRÈS QUELQUES JOURS...
JE TE TROUVE ENFIN, MARÉCHAL... NOTRE SIRE ROI HENRI TE MANDE AUPRÈS DE LUI.
BÉNI SOIT LE CIEL QUI A EXAUCÉ MON VOEU !
LE MARÉCHAL PREND SES PRÉCAUTIONS.
J'ENTENDS BIEN MESSIRE CHAMBELLAN... MAIS... JE VOUDRAIS L'ASSURANCE QU'ON NE PARLERA JAMAIS PLUS D'ADULTÈRE... NI DE DUEL JUDICIAIRE, COMME JE L'AI NAGUÈRE PROPOSÉ.
DE PLUS NOTRE SIRE ROI EST EN GUERRE CONTRE SON PÈRE... JE NE VEUX REJOINDRE LE CAMP DU JEUNE HENRI QU'AVEC L'ASSENTIMENT PRÉALABLE D'HENRI LE VIEUX.
HENRI LE JEUNE ACCORDE UN DÉLAI ET LE MARÉCHAL, ACCOMPAGNÉ DE SON AMI, BAUDOIN DE BÉTHUNE SE REND À LA COUR DE FRANCE.
J'AI FAIT SAVOIR À MES AMIS DE FRANCE QUE JE SUIS DISCULPÉ ET QU'ON NE METTRA PLUS LE NEZ DANS MES RELATIONS AVEC LA SOEUR DU ROI PHILIPPE(*).
JE VAIS DEMANDER DES LETTRES AU ROI PHILIPPE, AINSI QU'À SON ONCLE, L'ARCHEVÊQUE DE REIMS.
(*) PHILIPPE AUGUSTE.
22

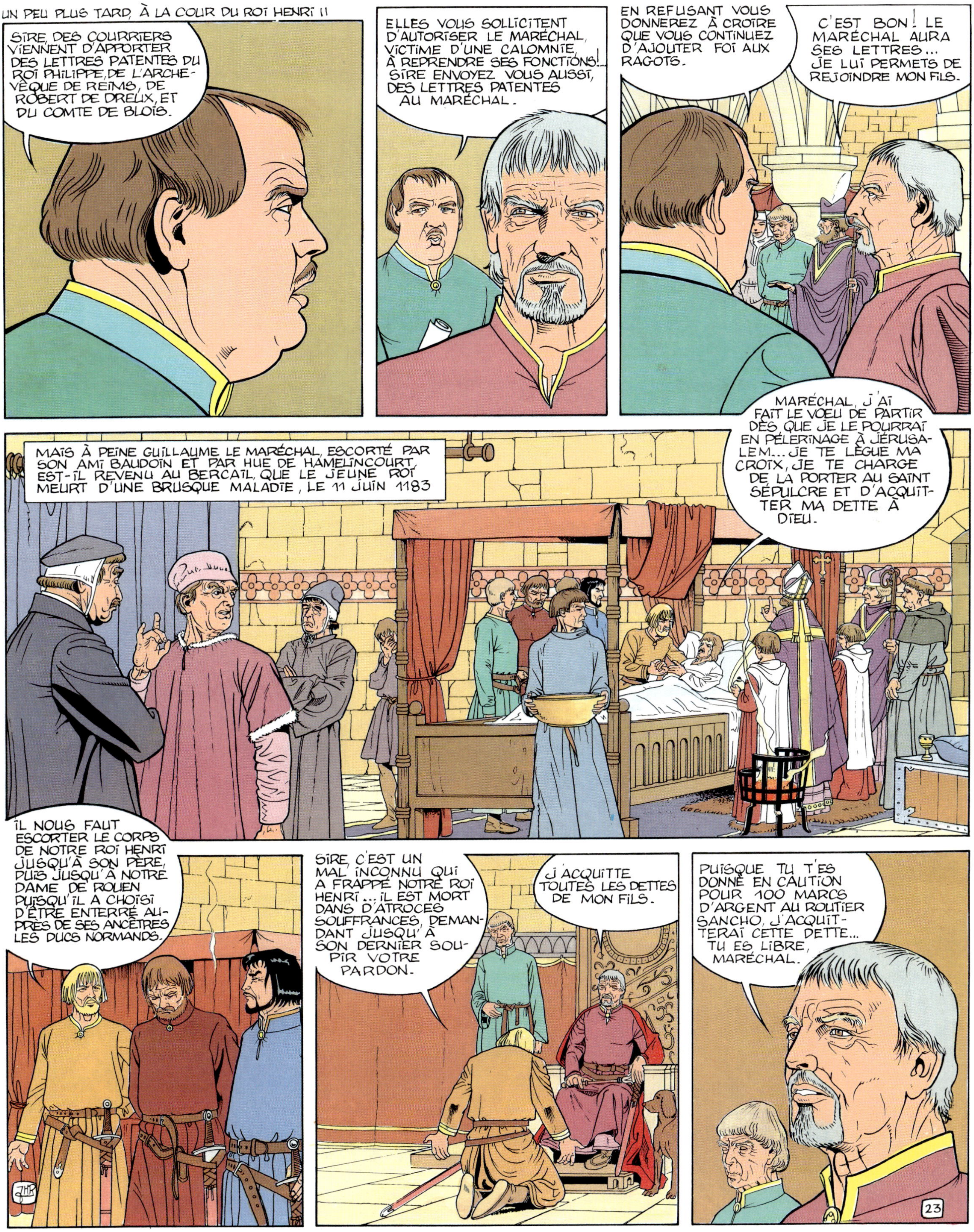
UN PEU PLUS TARD, À LA COUR DU ROI HENRI II
SIRE, DES COURRIERS VIENNENT D'APPORTER DES LETTRES PATENTES DU ROI PHILIPPE, DE L'ARCHEVÊQUE DE REIMS, DE ROBERT DE DREUX, ET DU COMTE DE BLOIS.
ELLES VOUS SOLLICITENT D'AUTORISER LE MARÉCHAL, VICTIME D'UNE CALOMNIE, À REPRENDRE SES FONCTIONS!... SIRE ENVOYEZ VOUS AUSSI, DES LETTRES PATENTES AU MARÉCHAL.
EN REFUSANT VOUS DONNEREZ À CROIRE QUE VOUS CONTINUEZ D'AJOUTER FOI AUX RAGOTS.
C'EST BON! LE MARÉCHAL AURA SES LETTRES... JE LUI PERMETS DE REJOINDRE MON FILS.
MAIS À PEINE GUILLAUME LE MARÉCHAL, ESCORTÉ PAR SON AMI BAUDOIN ET PAR HUE DE HAMELINCOURT, EST-IL REVENU AU BERCAIL, QUE LE JEUNE ROI MEURT D'UNE BRUSQUE MALADIE, LE 11 JUIN 1183
MARÉCHAL, J'AI FAIT LE VOEU DE PARTIR DÈS QUE JE LE POURRAI EN PÉLERINAGE À JÉRUSALEM... JE TE LÈGUE MA CROIX, JE TE CHARGE DE LA PORTER AU SAINT SÉPULCRE ET D'ACQUITTER MA DETTE À DIEU.
IL NOUS FAUT ESCORTER LE CORPS DE NOTRE ROI HENRI JUSQU'À SON PÈRE, PUIS JUSQU'À NOTRE DAME DE ROUEN PUISQU'IL A CHOISI D'ÊTRE ENTERRÉ AUPRÈS DE SES ANCÊTRES LES DUCS NORMANDS.
SIRE, C'EST UN MAL INCONNU QUI A FRAPPÉ NOTRE ROI HENRI... IL EST MORT DANS D'ATROCES SOUFFRANCES, DEMANDANT JUSQU'À SON DERNIER SOUPIR VOTRE PARDON.
J'ACQUITTE TOUTES LES DETTES DE MON FILS.
PUISQUE TU T'ES DONNÉ EN CAUTION POUR 100 MARCS D'ARGENT AU ROUTIER SANCHO, J'ACQUITTERAI CETTE DETTE... TU ES LIBRE, MARÉCHAL.
23

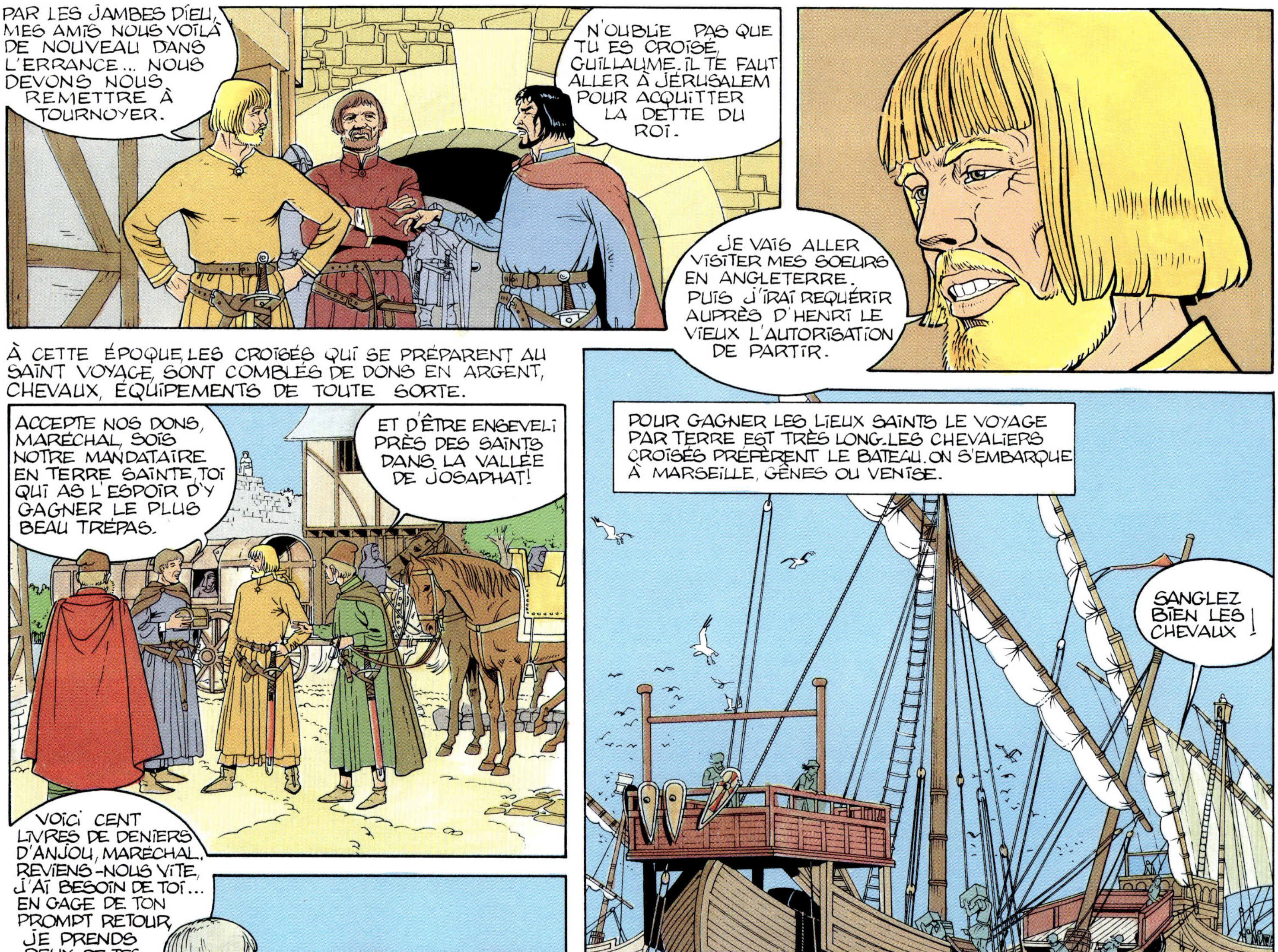

(1) MOINES SOLDATS CHARGÉS DE SURVEILLER LA ROUTE DES PÈLERINS (2) SALADIN.

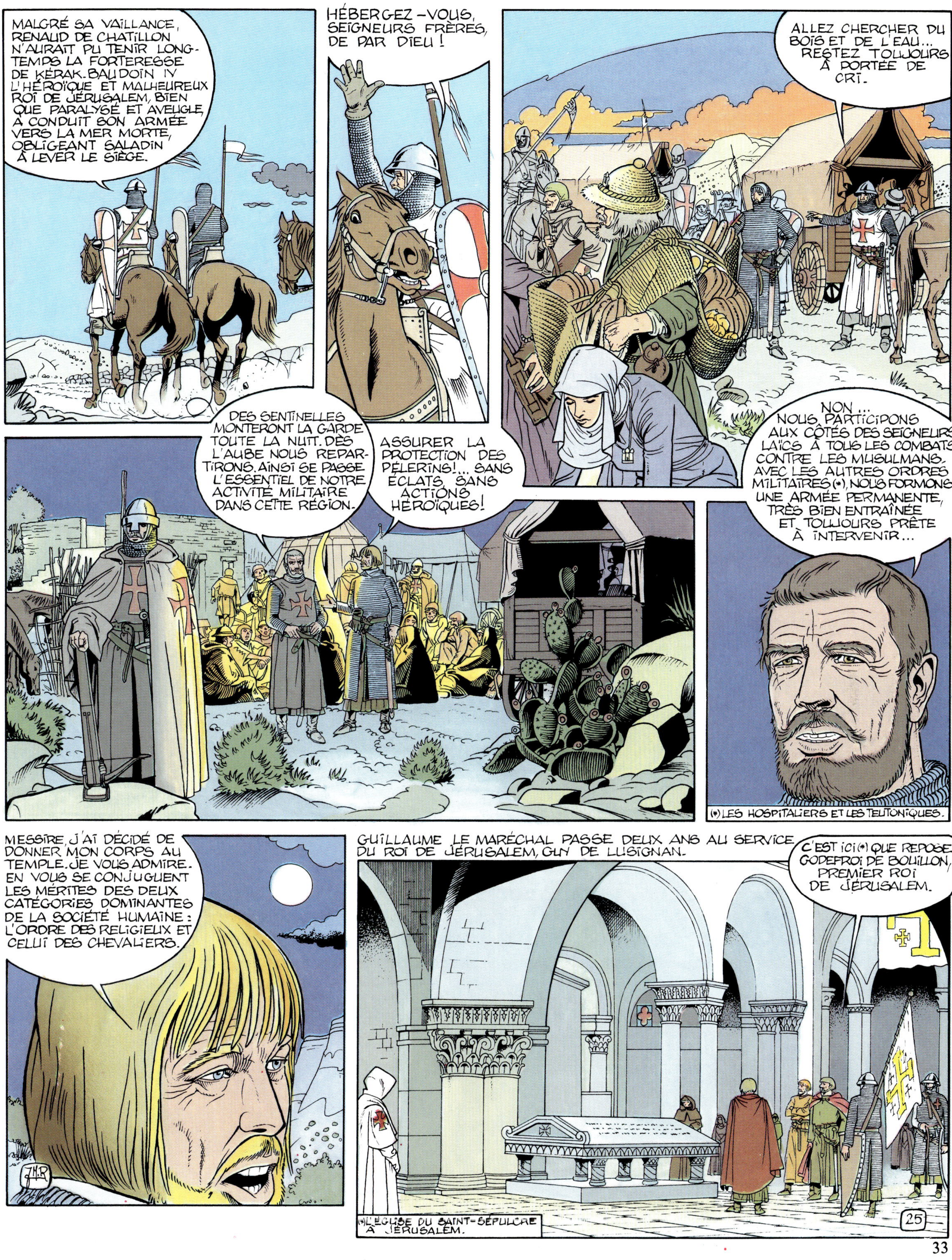
MALGRÉ SA VAILLANCE, RENAUD DE CHATILLON N'AURAIT PU TENIR LONGTEMPS LA FORTERESSE DE KÉRAK. BAUDOIN IV L'HÉROÏQUE ET MALHEUREUX ROI DE JÉRUSALEM, BIEN QUE PARALYSÉ ET AVEUGLE, A CONDUIT SON ARMÉE VERS LA MER MORTE, OBLIGEANT SALADIN À LEVER LE SIÈGE.
HÉBERGEZ-VOUS, SEIGNEURS FRÈRES, DE PAR DIEU !
ALLEZ CHERCHER DU BOIS ET DE L'EAU... RESTEZ TOUJOURS À PORTÉE DE CRI.
DES SENTINELLES MONTERONT LA GARDE TOUTE LA NUIT. DÈS L'AUBE NOUS REPARTIRONS. AINSI SE PASSE L'ESSENTIEL DE NOTRE ACTIVITÉ MILITAIRE DANS CETTE RÉGION.
ASSURER LA PROTECTION DES PÈLERINS !... SANS ÉCLATS, SANS ACTIONS HÉROÏQUES !
NON... NOUS PARTICIPONS AUX CÔTÉS DES SEIGNEURS LAÏCS À TOUS LES COMBATS CONTRE LES MUSULMANS. AVEC LES AUTRES ORDRES MILITAIRES (*), NOUS FORMONS UNE ARMÉE PERMANENTE, TRÈS BIEN ENTRAÎNÉE ET TOUJOURS PRÊTE À INTERVENIR...
(*) LES HOSPITALIERS ET LES TEUTONIQUES.
MESSIRE, J'AI DÉCIDÉ DE DONNER MON CORPS AU TEMPLE. JE VOUS ADMIRE. EN VOUS SE CONJUGUENT LES MÉRITES DES DEUX CATÉGORIES DOMINANTES DE LA SOCIÉTÉ HUMAINE : L'ORDRE DES RELIGIEUX ET CELUI DES CHEVALIERS.
GUILLAUME LE MARÉCHAL PASSE DEUX ANS AU SERVICE DU ROI DE JÉRUSALEM, GUY DE LUSIGNAN.
C'EST ICI (*) QUE REPOSE GODEFROI DE BOUILLON, PREMIER ROI DE JÉRUSALEM.
(*) L'ÉGLISE DU SAINT-SÉPULCRE À JÉRUSALEM.
25

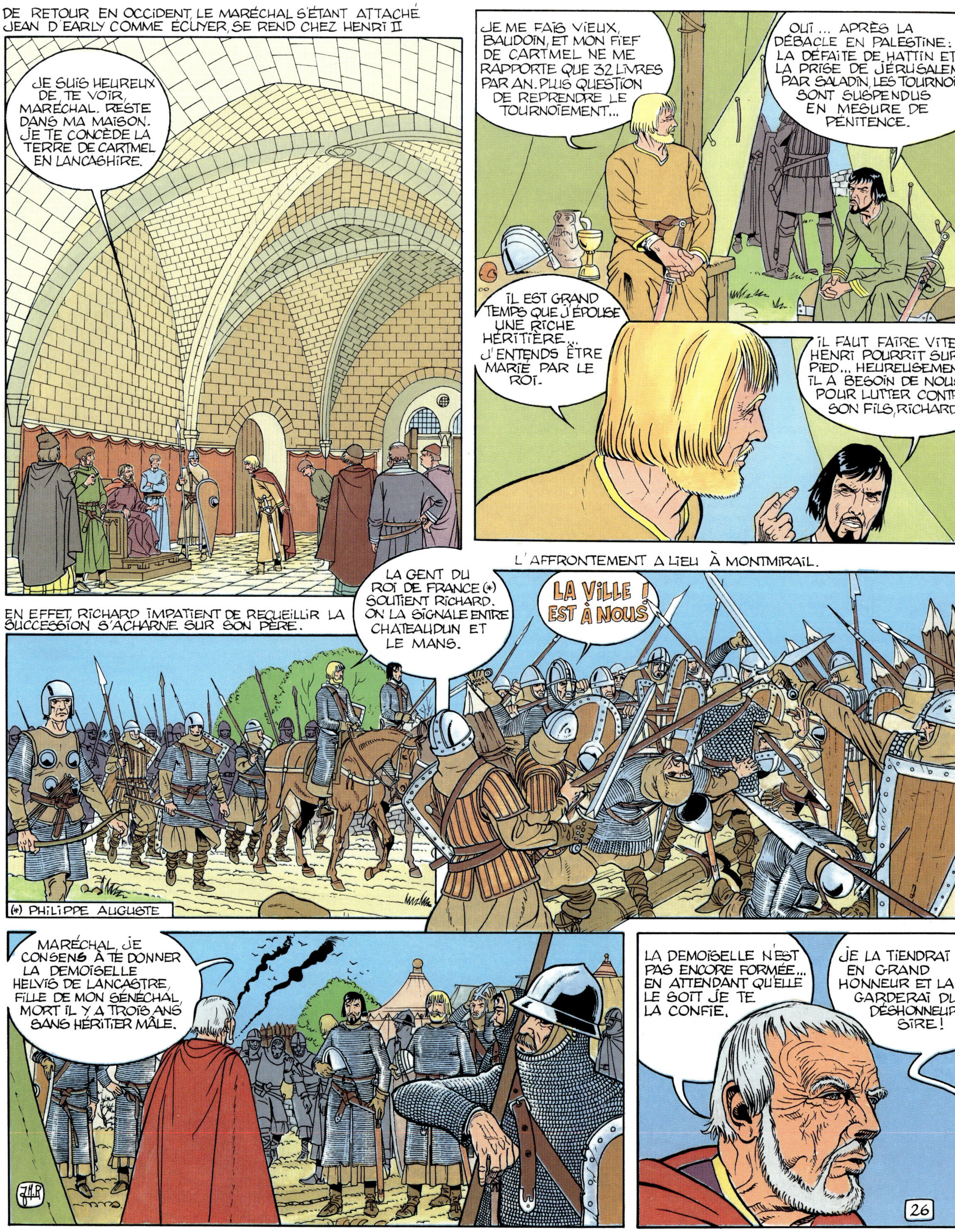

DE RETOUR EN OCCIDENT, LE MARÉCHAL S'ÉTANT ATTACHÉ JEAN D'EARLY COMME ÉCUYER, SE REND CHEZ HENRI II
JE SUIS HEUREUX DE TE VOIR, MARÉCHAL. RESTE DANS MA MAISON. JE TE CONCÈDE LA TERRE DE CARTMEL EN LANCASHIRE.
JE ME FAIS VIEUX, BAUDOIN, ET MON FIEF DE CARTMEL NE ME RAPPORTE QUE 32 LIVRES PAR AN. PLUS QUESTION DE REPRENDRE LE TOURNOIEMENT...
OUI ... APRÈS LA DÉBACLE EN PALESTINE : LA DÉFAITE DE HATTIN ET LA PRISE DE JÉRUSALEM PAR SALADIN, LES TOURNOIS SONT SUSPENDUS EN MESURE DE PÉNITENCE.
IL EST GRAND TEMPS QUE J'ÉPOUSE UNE RICHE HÉRITIÈRE... J'ENTENDS ÊTRE MARIÉ PAR LE ROI.
IL FAUT FAIRE VITE... HENRI POURRIT SUR PIED... HEUREUSEMENT, IL A BESOIN DE NOUS POUR LUTTER CONTRE SON FILS, RICHARD.
EN EFFET, RICHARD IMPATIENT DE RECUEILLIR LA SUCCESSION S'ACHARNE SUR SON PÈRE.
LA GENT DU ROI DE FRANCE (*) SOUTIENT RICHARD. ON LA SIGNALE ENTRE CHATEAUDUN ET LE MANS.
(*) PHILIPPE AUGUSTE
L'AFFRONTEMENT A LIEU À MONTMIRAIL.
LA VILLE ! EST À NOUS
MARÉCHAL, JE CONSENS À TE DONNER LA DEMOISELLE HELVIS DE LANCASTRE, FILLE DE MON SÉNÉCHAL, MORT IL Y A TROIS ANS SANS HÉRITIER MÂLE.
LA DEMOISELLE N'EST PAS ENCORE FORMÉE... EN ATTENDANT QU'ELLE LE SOIT JE TE LA CONFIE.
JE LA TIENDRAI EN GRAND HONNEUR ET LA GARDERAI DU DÉSHONNEUR, SIRE !
26

CEPENDANT, LA GUERRE REPREND DANS LE MAINE.
IL DEVIENT DIFFICILE DE CONTENIR LES ATTAQUES DU COMTE DE POITIERS (*) ET DE SES ALLIÉS FRANÇAIS.
NOUS SOMMES INDISPENSABLES AU ROI... C'EST LE MOMENT D'OBTENIR PLUS DE LUI. POUR MA PART JE COMPTE BIEN AVOIR LA PUCELLE DE STRIGUIL...
(*) RICHARD CŒUR DE LION.
GILBERT, FILS RAINFROI, JE T'ACCORDE LA PUCELLE DE LANCASTRE... BAUDOIN, TU AURAS L'HÉRITIÈRE DE CHATEAUROUX; TOI GUILLAUME, ISABELLE DE STRIGUIL...
...ELLE EST À L'ABRI DANS LA TOUR DE LONDRES... J'ORDONNE À HUBERT GAUTHIER, CLERC DU GRAND JUSTICIER D'ANGLETERRE QUE LA FILLE ET SES TERRES TE SOIENT LIVRÉES RAPIDEMENT.
MAI 1189, AU MANS...
SIRE, LA CITÉ EST EN FEU... NOUS SOMMES PRESSÉS PAR RICHARD ET LES CHEVALIERS FRANÇAIS. IL FAUT BATTRE EN RETRAITE.
MARÉCHAL, COUVRE LA RETRAITE.
LÀ, GUILLAUME, LE COMTE DE POITIERS QUI NOUS POURSUIT!... IL N'A PAS DE HAUBERT...
PAR LES JAMBES DIEU, MARÉCHAL, NE ME TUE PAS. CE SERAIT MAL, JE SUIS TOUT DÉSARMÉ.
NON, JE NE VOUS OCCIRAI PAS!
QUE LE DIABLE LE FASSE!
KRAAK

HENRI II MEURT LE 6 JUILLET 1189.
MESSIRE MARÉCHAL, LE ROI EST MORT. SES AMIS SE SONT ENFUIS EMPORTANT TOUT...
ILS ONT ABANDONNÉ LE CORPS DU ROI À LA CANAILLE DOMESTIQUE!
PAR LES JAMBES DIEU, ALLONS-Y!
PAR LE DIABLE!... LES HAPPEURS ONT HAPPÉ TRÈS DUR.
IL N'Y A PLUS RIEN DANS LE CHÂTEAU, PLUS UN DENIER... ET LES PAUVRES VEULENT MANGER.
GUILLAUME LE MARÉCHAL CONDUIT LA DÉPOUILLE DU ROI À FONTEVRAUD.
RICHARD EST ROI, GUILLAUME, IL NE VA PAS TARDER... NOUS AVONS ÉTÉ POUR SON PÈRE CONTRE LUI.
NOUS, NOUS NE CRAIGNONS RIEN, MAIS NOUS CRAIGNONS POUR TOI, MARÉCHAL... SACHE QUE TANT QUE NOUS AURONS DES CHEVAUX, DES ARMES, DES DENIERS, IL Y EN AURA POUR TOI.
JE VOUS DIS MERCI DE VOS OFFRES, MAIS CELA ME COÛTERAIT DE PRENDRE DU VÔTRE. SAURAIS-JE VOUS LE RENDRE? DIEU M'A FAIT SI GRAND BIEN DEPUIS QUE JE SUIS CHEVALIER. JE ME CONFIE EN SON BON VOULOIR.
RICHARD ARRIVE BIENTÔT À FONTEVRAUD.
MARÉCHAL, CRAON, SORTONS!
28

DEHORS, RICHARD TIENT SON PREMIER CONSEIL ROYAL.
MARÉCHAL, L'AUTRE JOUR TU AS VOULU M'OCCIRE, ET JE SERAIS MORT, SANS AUCUN DOUTE, SI JE N'AVAIS DÉTOURNÉ DE MON BRAS TA LANCE.
SIRE, JE N'AI JAMAIS EU L'INTENTION DE VOUS TUER. JE SUIS ENCORE ASSEZ FORT POUR CONDUIRE UNE LANCE.
SI JE L'AVAIS VOULU, J'AURAIS FRAPPÉ DROIT DANS VOTRE CORPS COMME JE LE FIS DANS CELUI DU CHEVAL. SI JE L'AI TUÉ JE NE LE TIENS PAS À MAL, NI NE M'EN REPENS.
MARÉCHAL...
...JE TE PARDONNE.
SIRE, NE LE PRENEZ PAS À MAL. JE VEUX VOUS RAPPELER QUE LE ROI VOTRE PÈRE DONNA AU MARÉCHAL LA PUCELLE DE STRIGUIL!
PAR LES JAMBES DIEU, IL NE LE FIT PAS, IL PROMIT SEULEMENT DE LE FAIRE... MAIS MOI, JE LA LUI DONNE!
MARÉCHAL, JE TE CHARGE, AVEC GILBERT PIPART D'ALLER EN ANGLETERRE GARDER MES TERRES ET MES DROITS.
EN DEUX JOURS, LE MARÉCHAL ET PIPART TRAVERSENT L'ANJOU, LE MAINE ET LA NORMANDIE...
INCROYABLE! JE L'AI ÉCHAPPÉ BELLE ET LA FORTUNE EST À MOI.
...À DIEPPE, ILS SAUTENT DANS UN BATEAU. LE PONT S'EFFONDRE SOUS LEUR POIDS. GUILLAUME, BIEN QUE BLESSÉ À LA JAMBE, RÉUSSIT À GAGNER L'ANGLETERRE.
À WINCHESTER, IL SALUE LA VIEILLE ALIÉNOR.
MAJESTÉ, JE VOUS SALUE EN HÂTE... JE COURS À LONDRES ÉPOUSER LA PUCELLE DE STRIGUIL.
29

À LONDRES, CHEZ ENGUERRAND D'ABERNON.
MILLE MERCIS ABERNON DE NOUS HÉBERGER. IL ME TARDE DE GAGNER LE DOMAINE D'ISABELLE POUR L'Y ÉPOUSER.
N'ATTENDS-PAS, MARÉCHAL, ÉPOUSE-ICI, JE METS À TA DISPOSITION MA MAISON DE STOKES... JE PAIERAI TOUT.
ET CETTE NUIT LÀ À STOKES...
LE PAS EST ENFIN FRANCHI. ME VOICI DU CÔTÉ DES SEIGNEURS... EN ANGLETERRE, UNE SEULE HÉRITIÈRE EST PLUS RICHE QU'ISABELLE QUI POSSÈDE EN OUTRE LE QUART DE L'IRLANDE PAR SA MÈRE.
POUR REMERCIER LE CIEL GUILLAUME FONDE UNE COMMUNAUTÉ RELIGIEUSE SUR SA TERRE DE CARTMEL.
JOUR APRÈS JOUR, LES RELIGIEUX FERONT MONTER VERS LE CIEL, EN MON NOM, DES CHANTS D'ACTION DE GRÂCE.
DES VASSAUX NOMBREUX SE RASSEMBLENT MAINTENANT AUTOUR DE GUILLAUME LE MARÉCHAL...
JE SUIS TON HOMME.
LUI-MÊME VASSAL DE JEAN (*), FRÈRE DU ROI RICHARD.
LE COMTE JEAN A RECHIGNÉ À RECEVOIR MON HOMMAGE. IL SE SERVAIT DES TERRES DE MON ÉPOUSE COMME DE SON PATRIMOINE ET LE ROI RICHARD A DÛ SE FÂCHER.
MÉFIE-TOI DE JEAN, GUILLAUME, DÈS QUE RICHARD SERA PARTI POUR LA CROISADE, IL DEVIENDRA DANGEREUX.
(*) JEAN SANS TERRE.
EN EFFET, À PEINE RICHARD EST-IL EN SYRIE, QUE JEAN S'AGITE, PRENANT EN ANGLETERRE TOUT CE QU'IL PEUT PRENDRE, EXIGEANT LE SERVICE DE SES VASSAUX.
JE TE L'AVAIS DIT, JEAN EST CAPABLE DE PUNIR SES VASSAUX QUI N'OBÉIRONT PAS À SES ORDRES ET LE ROI RICHARD NE REVIENDRA PEUT-ÊTRE PAS.
EN 1194, JEAN LE MARÉCHAL, FRÈRE AÎNÉ DE GUILLAUME, MEURT SANS ENFANT. GUILLAUME HÉRITE DES TERRES ET DU LIGNAGE.
IL M'APPARTIENT, MAINTENANT DE NOURRIR LES JEUNES DE MON LIGNAGE, DE LES RÉCOMPENSER DE LES ÉDUQUER ET DE LEUR DONNER BONNE PLACE.
30

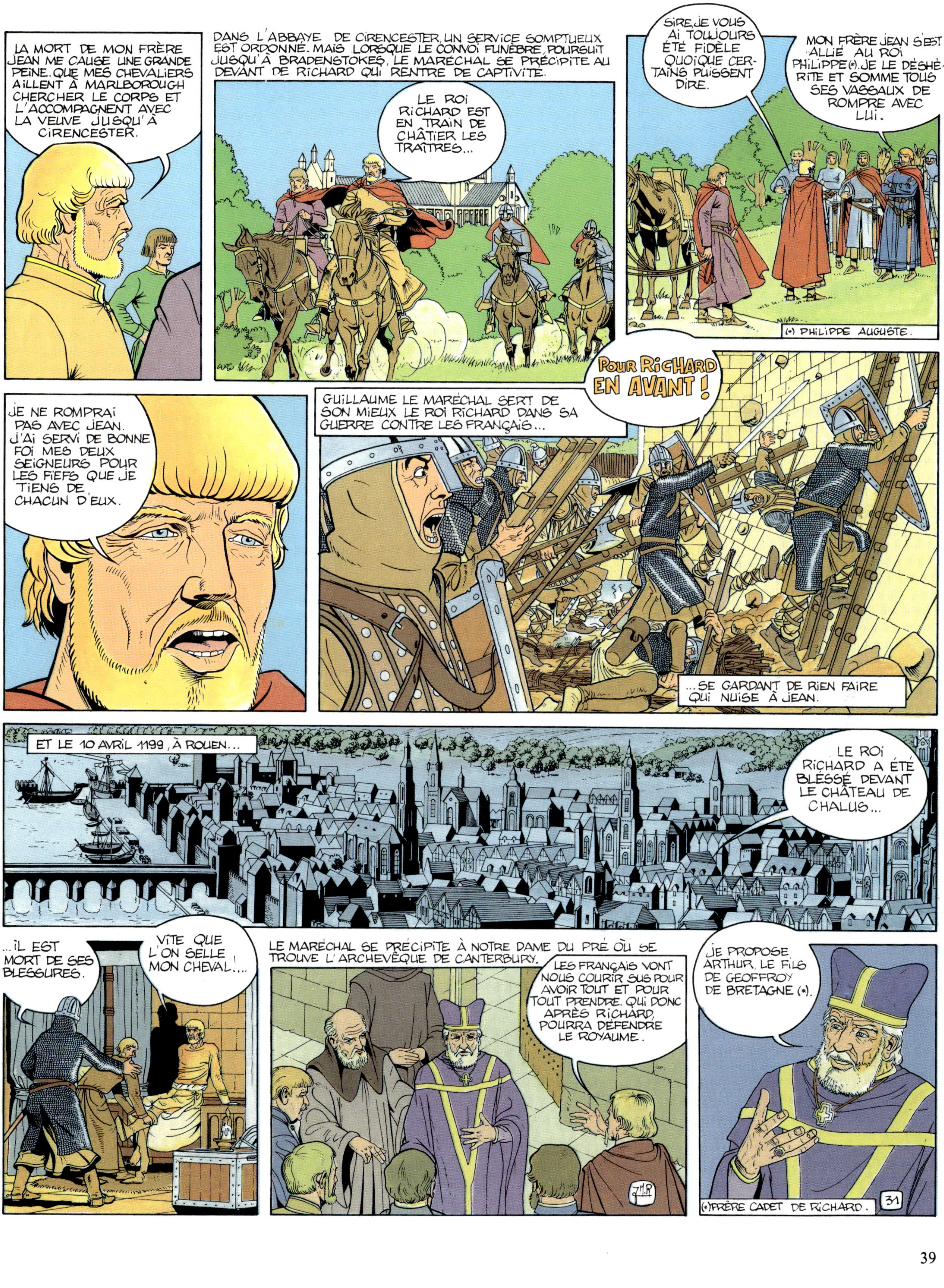

LA MORT DE MON FRÈRE JEAN ME CAUSE UNE GRANDE PEINE. QUE MES CHEVALIERS AILLENT À MARLBOROUGH CHERCHER LE CORPS ET L'ACCOMPAGNENT AVEC LA VEUVE JUSQU'À CIRENCESTER.
DANS L'ABBAYE DE CIRENCESTER, UN SERVICE SOMPTUEUX EST ORDONNÉ. MAIS LORSQUE LE CONVOI FUNÈBRE POURSUIT JUSQU'À BRADENSTOKES, LE MARÉCHAL SE PRÉCIPITE AU DEVANT DE RICHARD QUI RENTRE DE CAPTIVITÉ.
LE ROI RICHARD EST EN TRAIN DE CHÂTIER LES TRAÎTRES...
SIRE, JE VOUS AI TOUJOURS ÉTÉ FIDÈLE QUOIQUE CERTAINS PUISSENT DIRE.
MON FRÈRE JEAN S'EST ALLIÉ AU ROI PHILIPPE (*). JE LE DÉSHÉRITE ET SOMME TOUS SES VASSAUX DE ROMPRE AVEC LUI.
(*) PHILIPPE AUGUSTE.
JE NE ROMPRAI PAS AVEC JEAN. J'AI SERVI DE BONNE FOI MES DEUX SEIGNEURS POUR LES FIEFS QUE JE TIENS DE CHACUN D'EUX.
GUILLAUME LE MARÉCHAL SERT DE SON MIEUX LE ROI RICHARD DANS SA GUERRE CONTRE LES FRANÇAIS...
POUR RICHARD EN AVANT !
...SE GARDANT DE RIEN FAIRE QUI NUISE À JEAN.
ET LE 10 AVRIL 1199, À ROUEN...
LE ROI RICHARD A ÉTÉ BLESSÉ DEVANT LE CHÂTEAU DE CHALUS...
...IL EST MORT DE SES BLESSURES.
VITE QUE L'ON SELLE MON CHEVAL !...
LE MARÉCHAL SE PRÉCIPITE À NOTRE DAME DU PRÉ OÙ SE TROUVE L'ARCHEVÊQUE DE CANTERBURY.
LES FRANÇAIS VONT NOUS COURIR SUS POUR AVOIR TOUT ET POUR TOUT PRENDRE. QUI DONC APRÈS RICHARD POURRA DÉFENDRE LE ROYAUME.
JE PROPOSE ARTHUR, LE FILS DE GEOFFROY DE BRETAGNE (*).
(*) FRÈRE CADET DE RICHARD.
31

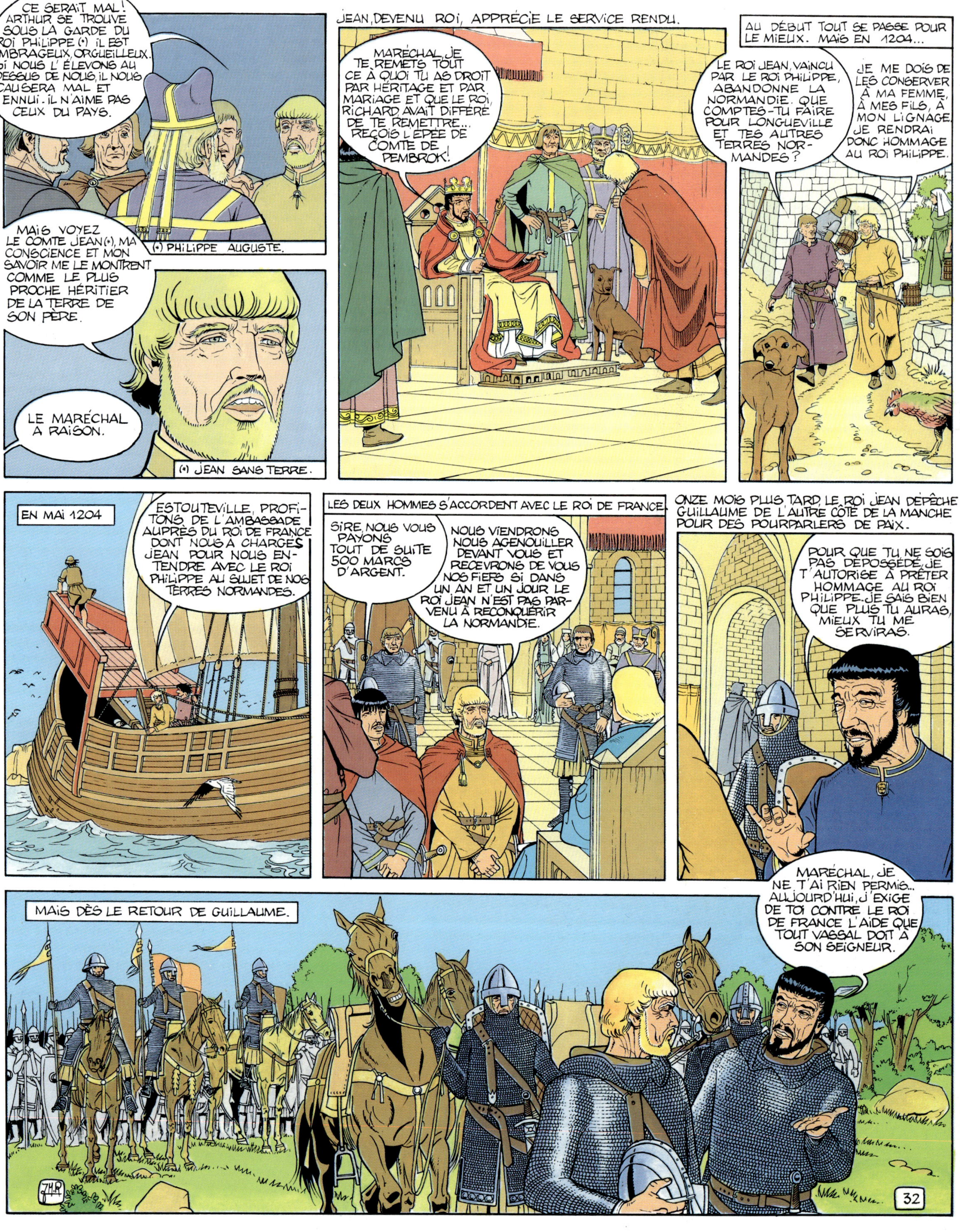
CE SERAIT MAL! ARTHUR SE TROUVE SOUS LA GARDE DU ROI PHILIPPE (*) IL EST OMBRAGEUX, ORGUEILLEUX. SI NOUS L'ÉLEVONS AU DESSUS DE NOUS, IL NOUS CAUSERA MAL ET ENNUI. IL N'AIME PAS CEUX DU PAYS.
(*) PHILIPPE AUGUSTE.
MAIS VOYEZ LE COMTE JEAN (*), MA CONSCIENCE ET MON SAVOIR ME LE MONTRENT COMME LE PLUS PROCHE HÉRITIER DE LA TERRE DE SON PÈRE.
LE MARÉCHAL A RAISON.
(*) JEAN SANS TERRE.
JEAN, DEVENU ROI, APPRÉCIE LE SERVICE RENDU.
MARÉCHAL, JE TE REMETS TOUT CE À QUOI TU AS DROIT PAR HÉRITAGE ET PAR MARIAGE ET QUE LE ROI RICHARD AVAIT DIFFÉRÉ DE TE REMETTRE... REÇOIS L'ÉPÉE DE COMTE DE PEMBROK!
AU DÉBUT TOUT SE PASSE POUR LE MIEUX. MAIS EN 1204...
LE ROI JEAN, VAINCU PAR LE ROI PHILIPPE, ABANDONNE LA NORMANDIE. QUE COMPTES-TU FAIRE POUR LONGUEVILLE ET TES AUTRES TERRES NORMANDES?
JE ME DOIS DE LES CONSERVER À MA FEMME, À MES FILS, À MON LIGNAGE. JE RENDRAI DONC HOMMAGE AU ROI PHILIPPE.
EN MAI 1204
ESTOUTEVILLE, PROFITONS DE L'AMBASSADE AUPRÈS DU ROI DE FRANCE DONT NOUS A CHARGÉS JEAN POUR NOUS ENTENDRE AVEC LE ROI PHILIPPE AU SUJET DE NOS TERRES NORMANDES.
LES DEUX HOMMES S'ACCORDENT AVEC LE ROI DE FRANCE.
SIRE, NOUS VOUS PAYONS TOUT DE SUITE 500 MARCS D'ARGENT.
NOUS VIENDRONS NOUS AGENOUILLER DEVANT VOUS ET RECEVRONS DE VOUS NOS FIEFS SI DANS UN AN ET UN JOUR LE ROI JEAN N'EST PAS PARVENU À RECONQUÉRIR LA NORMANDIE.
ONZE MOIS PLUS TARD, LE ROI JEAN DÉPÊCHE GUILLAUME DE L'AUTRE CÔTÉ DE LA MANCHE POUR DES POURPARLERS DE PAIX.
POUR QUE TU NE SOIS PAS DÉPOSSÉDÉ, JE T'AUTORISE À PRÊTER HOMMAGE AU ROI PHILIPPE. JE SAIS BIEN QUE PLUS TU AURAS, MIEUX TU ME SERVIRAS.
MAIS DÈS LE RETOUR DE GUILLAUME.
MARÉCHAL, JE NE T'AI RIEN PERMIS... AUJOURD'HUI, J'EXIGE DE TOI CONTRE LE ROI DE FRANCE L'AIDE QUE TOUT VASSAL DOIT À SON SEIGNEUR.
32

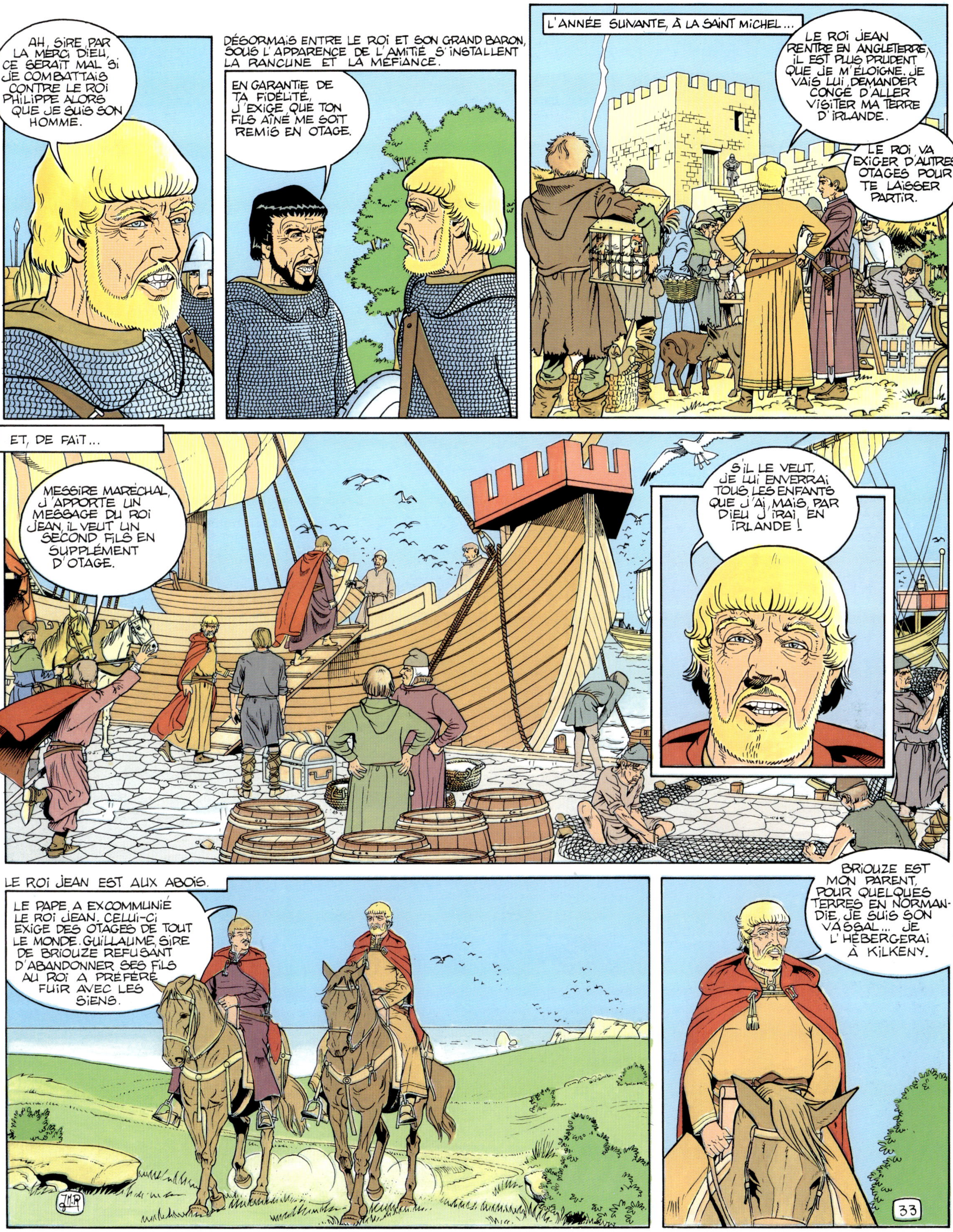
AH, SIRE, PAR LA MERCI DIEU, CE SERAIT MAL SI JE COMBATTAIS CONTRE LE ROI PHILIPPE ALORS QUE JE SUIS SON HOMME.
DÉSORMAIS ENTRE LE ROI ET SON GRAND BARON, SOUS L'APPARENCE DE L'AMITIÉ S'INSTALLENT LA RANCUNE ET LA MÉFIANCE.
EN GARANTIE DE TA FIDÉLITÉ, J'EXIGE QUE TON FILS AÎNÉ ME SOIT REMIS EN OTAGE.
L'ANNÉE SUIVANTE, À LA SAINT MICHEL...
LE ROI JEAN RENTRE EN ANGLETERRE, IL EST PLUS PRUDENT QUE JE M'ÉLOIGNE. JE VAIS LUI DEMANDER CONGÉ D'ALLER VISITER MA TERRE D'IRLANDE.
LE ROI VA EXIGER D'AUTRES OTAGES POUR TE LAISSER PARTIR.
ET, DE FAIT...
MESSIRE MARÉCHAL, J'APPORTE UN MESSAGE DU ROI JEAN, IL VEUT UN SECOND FILS EN SUPPLÉMENT D'OTAGE.
S'IL LE VEUT, JE LUI ENVERRAI TOUS LES ENFANTS QUE J'AI, MAIS, PAR DIEU J'IRAI EN IRLANDE !
LE ROI JEAN EST AUX ABOIS.
LE PAPE A EXCOMMUNIÉ LE ROI JEAN. CELUI-CI EXIGE DES OTAGES DE TOUT LE MONDE. GUILLAUME, SIRE DE BRIOUZE REFUSANT D'ABANDONNER SES FILS AU ROI A PRÉFÉRÉ FUIR AVEC LES SIENS.
BRIOUZE EST MON PARENT. POUR QUELQUES TERRES EN NORMANDIE, JE SUIS SON VASSAL... JE L'HÉBERGERAI À KILKENY.
33

LORSQUE LE ROI JEAN REPROCHE À GUILLAUME LE MARÉCHAL D'AVOIR HÉBERGÉ ET MIS EN LIEU SÛR LE TRAÎTRE BRIOUZE, GUILLAUME EN TOUTE BONNE FOI PEUT RÉPONDRE.
OUI, J'AI LOGÉ MON SEIGNEUR BRIOUZE QUAND, À GRAND PEINE ET À DOULEUR, IL ARRIVA SOUS MON CHÂTEAU. VOUS NE DEVRIEZ PAS LE PRENDRE À MAL. JE NE CROYAIS EN RIEN MÉFAIRE CAR IL ÉTAIT MON AMI ET MON SIRE...
... JE N'AVAIS PAS ENTENDU DIRE QUE VOUS FUSSIEZ MAL AVEC LUI ...
SANS CESSE LE MARÉCHAL SE RETRANCHE DERRIÈRE LA LOI NON ÉCRITE QUI OBLIGE L'HOMME BIEN NÉ À NE TRAHIR AUCUNE DES AMITIÉS QUI LE LIE.
JE SUIS PERSUADÉ DE MA LOYAUTÉ. QU'ON NE M'ACCUSE PAS D'ÊTRE INERTE TANDIS QUE MES DIVERS SEIGNEURS S'AFFRONTENT.
À LA FIN DU MOIS DE JUILLET 1214.
LE 27, L'OST (*) DU ROI DE FRANCE A ÉCRASÉ LES TROUPES DE L'EMPEREUR D'ALLEMAGNE OTHON IV, ALLIÉES À CELLES DU COMTE DE FLANDRE, DE RENAUD DE DAMMARTIN, TOUS DEUX FÉLONS ENVERS LEUR SUZERAIN, ET DE NOTRE SIRE HENRI
(*) ARMÉE.
CETTE DÉFAITE VA FAVORISER LA RÉVOLTE DES BARONS D'ANGLETERRE.
EN OCTOBRE 1216, ALORS QUE LE PRINCE LOUIS, FILS DU ROI PHILIPPE A DÉBARQUÉ EN ANGLETERRE, LE ROI JEAN, ABANDONNÉ DE TOUS SE MEURT À GLOUCESTER...
JE DEMANDE LE PARDON DE TOUS CEUX QUE J'AI LÉSÉS... SURTOUT, DE GUILLAUME LE MARÉCHAL QUI M'A TOUJOURS LOYALEMENT SERVI...
MES AMIS, REMETTEZ EN SA GARDE MON FILS QUI SE TROUVE AU CHÂTEAU DE DEVIZES...
GUILLAUME LE MARÉCHAL REJOINT LE PETIT ROI, ALORS ÂGÉ DE 9 ANS, DANS LA PLAINE DE MALMESBURY.
JE ME RENDS À DIEU ET À VOUS, MARÉCHAL, AFIN QUE POUR DIEU ET À LA PLACE DE DIEU VOUS ME PRENIEZ EN GARDE.
34

VOUS ÊTES BIEN PETIT, SIRE... MAIS IL VOUS FAUT UNE ÉPÉE... AU NOM DE DIEU, PAR SAINT MICHEL ET PAR SAINT GEORGES, LA VOICI !
LE SOIR MÊME, AU CHÂTEAU DE GLOUCESTER...
GUILLAUME, JE VOIS TON CORPS AFFAIBLI PAR LA FATIGUE ET LA VIEILLESSE... LE ROI N'A GUÈRE D'ARGENT... JE CRAINS LA PEINE, LE DUR ENNUI... QU'EN PENSES-TU MUSARD ?
ACCEPTE LA RÉGENCE, MARÉCHAL, TU POURRAS, S'IL TE PLAÎT, FAIRE RICHES HOMMES TOUTE TA GENT, ET D'AUTRES, ET NOUS-MÊMES QUI SOMMES ICI.
ACCEPTE DONC, MON ONCLE ! TU NE PEUX PLUS HÉSITER D'AVANTAGE. DIEU T'AIDERA ET TU EN TIRERAS GRAND HONNEUR !
LE LÉGAT DU PAPE INTERVIENT.
MARÉCHAL DIEU TE REMETTRA TES PÉCHÉS, SI TU DÉCIDES, SI PRÈS DU TRÉPAS DE T'INFLIGER UNE TELLE PÉNITENCE.
GUILLAUME LE MARÉCHAL ACCEPTE LA RÉGENCE.
VENDEZ LE TRÉSOR DU ROI JEAN... IL NOUS FAUT PAYER LES CAPITAINES DE MERCENAIRE AINSI QUE LES GARNISONS DE DEVIZES ET DE WINDSOR...
ET LA GARNISON DE DOUVRES QUI RÉSISTE AUX FRANÇAIS.
SI TOUS LES BARONS D'ANGLETERRE NOUS ABANDONNENT, S'IL FAUT FUIR JUSQU'EN IRLANDE AVEC LE PETIT ROI, JE LE PORTERAI SUR MES ÉPAULES D'ÎLE EN ÎLE.
L'AFFRONTEMENT AVEC LES TROUPES FRANÇAISES A LIEU À LINCOLN, AU COURS DE L'ÉTÉ 1217.
POUR DÉFENDRE NOTRE VALEUR, POUR NOUS, POUR CEUX QUI NOUS AIMENT, POUR NOS FEMMES ET NOS ENFANTS, POUR LA DÉFENSE DE NOS TERRES...
35

...POUR LA PAIX DE L'ÉGLISE AUSSI, POUR LA RÉMISSION DE NOS PÉCHÉS, SOUTENONS BIEN LE POIDS DES ARMES... VOUS ÊTES LA DEMEURANCE DU PAYS... VOYEZ CEUX-LÀ, DANS VOTRE MAIN, ILS SONT À NOUS SI LE COEUR ET LE HARDIMENT NE NOUS FONT PAS DÉFAUT...
... SI NOUS MOURONS, DIEU NOUS METTRA DANS SON PARADIS. SI NOUS VAINQUONS, NOUS AURONS ACQUIS HONNEUR DURABLE POUR NOUS ET NOTRE LIGNAGE.
DIEU AIDE LE MARÉCHAL !
DIEU AIDE LE MARÉCHAL !
MALGRÉ SON ÂGE, GUILLAUME LE MARÉCHAL TIENT À PRENDRE PART AU COMBAT... IL FAIT SI BIEN QU'IL CAPTURE LE COMTE DU PERCHE, LE CHEF DE L'ARMÉE ADVERSE...
VICTOIRE ! LE PETIT ROI NE CRAINT PLUS RIEN ET LES FRANÇAIS N'ONT PLUS QU'À PARTIR !
MAIS L'HONNEUR COMMANDE ENCORE AU MARÉCHAL DE TRAITER LES FRANÇAIS DE SON MIEUX, IL TIENT À ESCORTER LUI MÊME JUSQU'À LA CÔTE LOUIS DE FRANCE.
JUSQU'AU BOUT, LE MARÉCHAL DEMEURE FIDÈLE À SA MORALE : CELLE DE LA CHEVALERIE.
36

À LA CHANDELEUR DE L'AN 1219, TOUT À COUP DANS LE CHÂTEAU DE MARLBOROUGH...
JE VOUS L'AVAIS DIT, JE SUIS TROP VIEUX, FAIBLE ET TOUT DÉMANTIBULÉ... CONDUISEZ MOI À LA TOUR DE LONDRES.
LA TOUR DE LONDRES.
LES MÉDECINS AVOUENT QU'ILS RENONCENT. CHEZ MOI, JE SOUFFRIRAI PLUS À L'AISE.
ALLONS MIEUX VAUT MOURIR CHEZ SOI.
MESSIRE, VOUS NE POUVEZ PLUS CHEVAUCHER. NOUS VOUS ATOURNERONS DANS UNE BARQUE AU FIL DE LA TAMISE JUSQU'EN VOTRE MANOIR.
DOUCEMENT, SANS AHAN, ON MET À LA RAME.
LE LÉGAT DU PAPE, LE JEUNE HENRI III QUI A 12 ANS, LE GRAND JUSTICIER ET LES BARONS ACCOURENT. ILS CAMPENT AU MONASTÈRE ROYAL DE READING.
TRAVERSONS LE FLEUVE... CONDUISONS LE ROI AU CHEVET DU RÉGENT DU ROYAUME.
37

SIRE, JE NE PUIS PLUS LONGTEMPS VOUS TENIR EN GARDE. JE VOUS ENGAGE À BIEN VIVRE, À PRIER DIEU, À N'ÊTRE JAMAIS FELON. LAISSEZ MOI CETTE NUIT CHOISIR QUI ME SUCCÈDERA AUPRÈS DE VOUS COMME GARDIEN.
LE LENDEMAIN.
À VOUS, LÉGAT DU PAPE, JE BAILLE LE ROI EN PROTECTION... MON FILS, VA L'ANNONCER À L'ABBAYE DE READING, DE L'AUTRE CÔTÉ DU FLEUVE, CAR, J'EN AI DÉCIDÉ AINSI.
POURQUOI N'AI-JE PAS ÉTÉ CHOISI ?
L'EVÊQUE DE WINCHESTER EST FURIEUX...
ET MAINTENANT, IL SIED QUE JE M'OCCUPE DE MON ÂME PUISQUE MON CORPS EST EN PÉRIL... J'ACHÈVE DONC DE ME LIBÉRER DES CHOSES DE LA TERRE POUR NE PLUS PENSER QU'AUX CÉLESTES.
GUILLAUME, MON FILS, MON AÎNÉ, TU ES MON SEUL HÉRITIER... TU PRENDRAS MA PLACE AUPRÈS DE TA MÈRE, GÉRANT SES BIENS ET LUI ASSURANT PROTECTION. TON FRÈRE, RICHARD, EST À LA COUR DU ROI PHILIPPE.
NOUS LUI DONNONS LA SEIGNEURIE DE LONGUEVILLE QUI EST UN ASSEZ BEAU MORCEAU CELA LE CONTENTERA DE TOI, GUILLAUME... NOTRE GILBERT APPARTIENT À L'ÉGLISE. GAUTIER AURA CE MANOIR QUE JE VIENS D'ACHETER ET DONT JE PUIS DISPOSER.
APPROCHE MON ANSEAU. TU M'ES TRÈS CHER. VIS POUR ÊTRE CHEVALIER. MONTE JUSQU'À GAGNER DE L'HONNEUR, TU TROUVERAS ALORS QUELQU'UN QUI T'AIMERA ET GRAND HONNEUR TE FERA PLUS QU'À NUL AUTRE.
TU NE PEUX FAIRE CELA. DONNE LUI TON ARGENT. AU MOINS DE QUOI FERRER SON CHEVAL, AUTREMENT SERAIT MAL JOUER.
J'ACQUIESCE. QU'UNE RENTE ANNUELLE DE 140 LIVRES LUI REVIENNE.
38

MA DERNIÈRE FILLE N'EST PAS MARIÉE. SON FRÈRE, GUILLAUME, Y POURVOIRA. J'INSTITUE POUR ELLE UNE RENTE DE TRENTE LIVRES ET JE LAISSE 200 MARCS POUR SON TROUSSEAU...
... MA FEMME, ET TOI GUILLAUME, FAITES SCELLER L'ACTE. QU'ON LE PORTE AU LÉGAT DU PAPE ET AUX ARCHEVÊQUES PRÉSENTS À READING ET QU'ILS Y METTENT LEUR CONTRESEING.
LE LENDEMAIN, LE MAÎTRE DE LA COMMANDERIE DES TEMPLIERS DE LONDRES VIENT LE RECEVOIR EN SON ORDRE.
BEAU FILS, QUAND J'ÉTAIS OUTRE-MER, EN CROISADE, JE ME SUIS DONNÉ AU TEMPLE POUR Y REPOSER À MA MORT.
QU'IL Y AIT UNE GARDE EN PERMANENCE, QUE TROIS CHEVALIERS SE RELAIENT JOUR ET NUIT AUPRÈS DE MON PÈRE. MOI, JE VEILLERAI LA NUIT EN COMPAGNIE DE JEAN D'EARLY ET DE THOMAS BASSET.
BELLE AMIE, EMBRASSEZ MOI, VOUS NE LE FEREZ PLUS JAMAIS.
JE MEURS. JE VOUS CONFIE À DIEU. JE NE PUIS PLUS RESTER AVEC VOUS. JE NE PUIS ME DÉFENDRE CONTRE LA MORT.
DANS L'ÉGLISE DU TEMPLE À LONDRES.
VOYEZ, MESSEIGNEURS, CE QUE VAUT LE MONDE. CHAQUE HOMME LORSQU'IL EST PARVENU À CE POINT NE SIGNIFIE PLUS RIEN. IL N'EST QU'UN PEU DE TERRE. CONSIDÉREZ CELUI QUI SE HAUSSA AU SOMMET DES VALEURS HUMAINES... NOUS EN VIENDRONS LÀ, VOUS ET MOI. UN JOUR NOUS MOURRONS.
JHR
39

LA NOUVELLE DE LA MORT DE GUILLAUME LE MARÉCHAL PARVIENT EN GÂTINAIS À LA COUR DU ROI PHILIPPE ALORS QUE CELUI-CI ACHÈVE DE DÎNER.
AINSI, LE MARÉCHAL EST MORT... ATTENDONS DONC QUE SON FILS, RICHARD, QUI NOUS A SERVI À TABLE, AIT FINI DE MANGER.
ET À LA FIN DU REPAS.
DES BARRES, MON VIEUX TOI LE PLUS PREUX DE LA COUR DE FRANCE, AS-TU ENTENDU ? LE MARÉCHAL QUI FUT SI LOYAL, EST ENTERRÉ...
EN NOTRE TEMPS, IL N'Y EUT EN NUL LIEU MEILLEUR CHEVALIER ET QUI S'Y CONNUT MIEUX EN ARMES... JE DIS, ET J'EN PRENDS DIEU À TÉMOIN, QUE JE NE VIS JAMAIS MEILLEUR QUE LUI DANS TOUTE MA VIE.
LE MARÉCHAL FUT, SELON MON JUGEMENT LE CHEVALIER LE PLUS LOYAL QUE J'AI CONNU EN QUELQUE LIEU QUE JE FUSSE.
40

Le siècle de Guillaume le Maréchal

Le krak des chevaliers. Syrie (reconstitution). Cl. Giraudon.

Chronologie

1137-1180 : Louis VII le Jeune est roi de France.

1135-1154 : Étienne de Blois, petit-fils de Guillaume le Conquérant, est roi d'Angleterre. Mathilde, fille et héritière d'Henri I, roi d'Angleterre, épouse en secondes noces Geoffroi V Plantagenêt, comte d'Anjou et lutte contre Étienne pour la couronne d'Angleterre. Elle l'oblige à reconnaître son fils, Henri II, comme héritier du trône.

1154-1189 : Henri II Plantagenêt, après la mort d'Étienne, est roi d'Angleterre. Outre l'Angleterre, il possède l'Anjou, le Maine, la Touraine par son père, la Normandie et la Bretagne par sa mère, l'Aquitaine par sa femme Aliénor, qu'il a épousée après qu'elle ait été, en 1152, répudiée par son premier mari Louis VII de France.

1164-1174 : Henri II, par la Constitution de Clarendon, veut exploiter les terres de l'Église d'Angleterre et soumettre les clercs aux tribunaux laïcs.

Thomas Becket, son ancien chancelier, son ami de toujours, archevêque de Cantorbéry depuis 1162, s'oppose à lui. Il le fait assassiner en 1170. Le roi fait pénitence sur la tombe de Thomas Becket en 1174

1171 : Henri II entreprend la conquête de l'Irlande.

1173-1174 : Révolte de Jean Sans Terre et de Richard Cœur de Lion contre leur père Henri II, soutenus par le roi de France.

1179-1223 : Philippe II Auguste succède à son père Louis-VII sur le trône de France.

1183 : Mort d'Henri II le Jeune, successeur désigné de son père au trône d'Angleterre.

1189-1192 : Troisième Croisade, dont les chefs principaux sont, avec Frédéric Barberousse, empereur, Philippe Auguste et Richard Cœur de Lion.

1189-1199 : Après la Croisade, revenu de sa captivité en Allemagne, Richard Ier Cœur de Lion, roi d'Angleterre, reprend le pouvoir à son frère Jean Sans Terre, régent pendant son absence et mène la guerre contre Philippe Auguste.

1199 : Mort de Richard Cœur de Lion, à Châlus (Haute-Vienne).

1199-1216 : Jean Ier Sans Terre roi d'Angleterre.

1202 : Pour avoir enlevé Isabelle d'Angoulême, Jean Sans Terre, sur la plainte de ses vassaux, est condamné à la confiscation de ses fiefs par la cour de Philippe Auguste, qui conquiert la Normandie, le Maine et l'Anjou.

1213 : Jean Sans Terre est excommunié par le Pape Innocent III.

1214 : Les alliés de Jean Sans Terre, dont l'empereur Othon IV roi d'Allemagne, sont battus par les Français à la bataille de Bouvines, le 27 juillet. Le roi Jean s'enfuit devant le fils de Philippe Auguste à la Roche-aux-Moines. Il perd toutes ses possessions en France au nord de la Loire.

1215 : Jean Sans Terre doit octroyer à ses féodaux la Grande Charte, qui limite ses droits et garantit ceux des seigneurs anglais.

1216-1272 : Henri III Plantagenêt roi d'Angleterre.

1223-1226 : Louis VIII, fils de Philippe Auguste, succède à son père sur le trône de France.

1226-1270 : Louis IX (Saint-Louis), fils de Louis VIII et de Blanche de Castille, roi de France.

Aliénor d'Aquitaine et Richard Cœur de Lion gisants. Abbaye de Fontevrault.
Photo Marcel Damien Avril.

Généalogies

Issue de Guillaume le Conquérant, la dynastie des Plantagenêt a régné sur l'Angleterre de 1154 à 1485.

Guillaume Ier le Conquérant,
roi de 1066 à 1087

Guillaume II Le Roux (1087-1100)

Henri Ier Beauclerc (1100-1135)

son gendre, **Geoffroi V,** comte d'Anjou,
surnommé Plantagenêt,
duc de Normandie jusqu'en 1151

Henri II, roi de 1154 à 1189

Richard Cœur de Lion
(1189-1199)

Henri Le Jeune
(mort en 1183)

Jean Sans Terre
(1199-1216)

Henri III
(1216-1272)

Guillaume le Maréchal
(1145-1219)

France vers 1260. Couronne religieuse argent doré et pierres offerte par Saint-Louis aux Dominicains de Liège. Musée du Louvre.

La dynastie Capétienne (987-1328)

Hugues Capet, règne de 987 à 996.

Robert II (996-1031)

Henri Ier (1031-1060)

Philippe Ier (1060-1108)

Louis VI le Gros (1108-1137)

Louis VII le Jeune (1137-1180)

Philippe II Auguste (1179-1223)

Louis VIII (1223-1226)

Louis IX (Saint-Louis, 1226-1270)

Philippe III le Hardi (1270-1285)

Philippe IV le Bel (1285-1314)

Louis X le Hutin (1314-1316)

Philippe V le Long (1316-1322)

Charles IV le Bel, dernier des Capétiens directs
(1322-1328)

Guillaume le Maréchal
(1145-1219)

La littérature au XIIe siècle

- Vers 1140 1er poème du Cid en Espagne
- Début du cycle des Chevaliers de la Table Ronde, épopée anonyme
- Vers 1170 Tristan et Iseult
- Chrétien de Troyes écrit Lancelot, Perceval et la Quête du Graal
- La poétesse Marie de France vit à la cour d'Henri II Plantagenêt
- Vers 1180 le Roman de Renart

Jean de Meung : Le Roman de la Rose, manuscrit. France XIVe. Cl. Giraudon.

Les grands contemporains

- En Espagne, Moïse Maïmonide (1135-1204), médecin, théologicien et philosophe juif, auteur du célèbre "Guide des Égarés"
- Saint-Bernard de Clairvaux (1090-1153) fonde l'abbaye de Clairvaux et prêche la 2e croisade. L'un des plus grands mystiques chrétiens. S'oppose à Abélard qu'il fit condamner.
- Saint-François d'Assise (1182-1226) fondateur de l'ordre "mendiant" des Franciscains. Les "Fioretti" nous racontent des traits de son histoire et de sa légende illustrée par les célèbres fresques de Giotto.
- En France, Suger (1081-1151) Abbé de Saint-Denis dont il construit l'église, ministre de Louis VI et de Louis VII, régent du royaume pendant la 2e croisade.

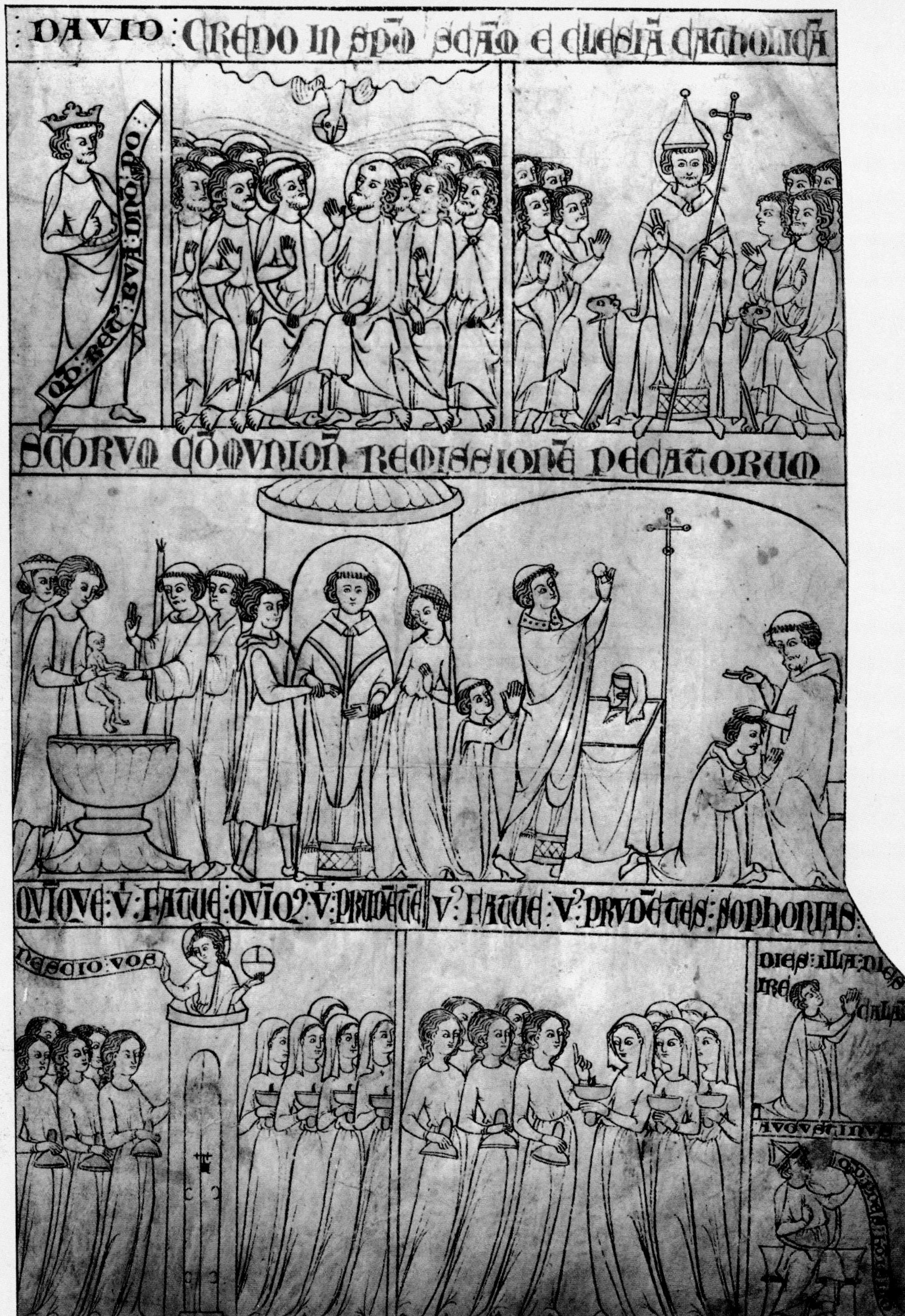

Credo de Joinville vers 1250. Bibliothèque Nationale.

L'univers du XIIe siècle est religieux. La société humaine – la chrétienté – est, conformément à la volonté divine, divisée en trois catégories : les paysans, les guerriers et les prêtres "les uns et les autres subordonnés aux moines qui regardent l'humanité dont ils se sont séparés du haut de leur perfection". "Les moines de Cluny se considéraient comme des princes, formant la cour du Tout Puissant, comme les courtisans d'une sorte de Versailles immatérielle, socialisée" (G. DUBY).

Mais au XIIe siècle, un puissant courant de "conversion" traverse la chrétienté. Les Croisés en terre sainte découvrent les lieux où Jésus a vécu et sa vie quotidienne humaine. Ils apprennent à connaître celui qui a été bafoué, livré trahi avant de vaincre la mort. A Assise surgit l'apôtre de la pauvreté, Saint-François. Le Pape Innocent III, en rêve, a vu en lui un "réformateur", un "soutien" de l'Église. Il lui donne l'autorisation de créer les Franciscains, à lui qui n'est même pas prêtre et qui ne le sera jamais. L'idéal de pauvreté des origines chrétiennes cohabitera toujours désormais avec la puissance temporelle de l'Église.

La société au XIIe-XIIIe siècle : Les Paysans

La société est donc fondée sur une stricte hiérarchie, un corps qu'Honorius d'Autun, au XIIe siècle, définit clairement : selon lui, les prélats en forment la tête, les savants les yeux, les maîtres la bouche ; les combattants en sont les bras, les époux le ventre, et les paysans les pieds, qui supportent l'ensemble. De là procède la division fondamentale de la société médiévale en trois ordres : ceux qui travaillent, les paysans ; ceux qui combattent, les chevaliers ; ceux qui prient, les clercs. En marge de ce système aux bases fortement rurales, les habitants des villes : bourgeois, marchands, artisans... et tous les exclus de la société chrétienne : hérétiques, Juifs, infirmes, malades (lépreux principalement), errants et autres déracinés...

Ceux qui travaillent : les paysans

Dans l'occident médiéval, entre 90 et 95 % de la population vit à la campagne. Dans des conditions difficiles, et malgré quelques progrès, tant dans l'outillage (charrue, joug, attelage en file) que dans le système de culture (la rotation triennale se répand lentement) les paysans passent leur vie à défricher et à cultiver la terre.

Isolée ou englobée dans un village soumis à un seigneur laïc ou ecclésiastique, leur maison est toute simple, son mobilier rudimentaire. Sauf au sud du royaume, elle est le plus souvent bâtie en bois ou en terre jusqu'au XIIIe siècle. L'année agricole, réglée par le rythme des saisons, est coupée par les fêtes religieuses ou privées (mariage, naissance, baptême...). La paysannerie ne forme pas un corps social homogène. Jusqu'au XIe siècle, il a existé des esclaves "casés" sur des "tenures", c'est-à-dire exploitant, moyennant redevances, une terre dont un maître est propriétaire comme il l'est de leur corps. Au XIIe siècle, les descendants des esclaves se sont confondus avec les descendants des tenanciers libres dans la masse des serfs, protégés, soumis au pouvoir seigneurial. Des différences subsistent, elles tiennent d'abord à ce que ce pouvoir est, selon les lieux plus ou moins lourd (plus léger dans les villages "affranchis"). Elles tiennent à ce qu'il existe des riches et des pauvres. Beaucoup de paysans n'ont pas assez de terre pour en vivre, ils sont obligés de se louer chez d'autres, on les appelle les brassiers ou manœuvriers. D'autres, propriétaires de leur terre, indépendants, souvent aisés, sont appelés les laboureurs. Le servage disparaît presque partout au XIIIe siècle, les serfs rachetant fort cher leur liberté à leur seigneur. Quant aux laboureurs, un certain nombre d'entre eux, par l'achat de terres nobles se glissent dans la petite noblesse.

Fondement de la société médiévale, la paysannerie reste un corps social extrêmement soudé, malgré les différences de condition, ce qui explique que le Moyen-Age ait connu assez peu de révoltes, de "fureurs paysannes", et toujours localisées dans le temps et dans l'espace. Un certain nombre de facteurs maintenaient en effet la cohésion de l'ensemble : communautés paysannes, rôle du seigneur qui détient le "ban", c'est-à-dire le droit de commander, de contraindre et de punir. Il exige et perçoit les contributions sous toutes les formes : argent, part des récoltes, ou corvées. Le château, quand le seigneur en possède un, et l'église sont les deux pôles fondamentaux et incontestés de la vie de toute communauté villageoise.

Bible illustrée dite de Velislad. Prague. Cl. Giraudon-Lauros.

Personnages avec faucons. France fin XIIIe. Enluminure de Simon d'Orléans. Bibliothèque Nationale. Paris.

Ainsi à Amiens, où les médaillons, groupés trois par trois, nous rappellent les quatre saisons. Décembre est le mois où l'on tue le porc. Presque tous les calendriers connus représentent une scène comparable, consacrée à ce spectacle ; ici, le paysan, plus ou moins arc-bouté, égorge le pourceau entre ses genoux ; à côté, une autre bête déjà tuée pend, la tête en bas, tandis que son sang qui servira au boudin est recueilli dans une cuve. Janvier, symbolisé par le Janus à double visage, assis à une table bien garnie, se fait servir par deux valets (l'année qui finit et l'année qui commence ?). Cette représentation des festivités groupées autour de l'année nouvelle est souvent juxtaposée ou remplacée par celle – attribuée ici à février – de l'homme encapuchonné, assis et tisonnant son feu, auquel il tente de réchauffer ses mains et ses pieds nus. L'hiver est manifestement la morte-saison où le paysan liquide les séquelles de l'année précédente, sans préparer encore celle qui vient.

En revanche, mars voit bêcher le sol : labour profond, grosses mottes retournées et aérées, plus spécialement autour des ceps de vigne ; les calendriers copient certes des modèles antiques, nés dans le monde méditerranéen, où la vigne était reine, mais la diffusion de la religion chrétienne a amené celle de la vigne dans tout l'Occident, y compris en Angleterre sinon en Norvège.

Avril évoque, un faucon sur le poing, les débuts de la chasse et les occupations nobles, parfois signalées en mars, avril rappelant alors la taille des arbres (vigne), la sortie du bétail né de l'hiver ou l'utilisation du lait pour beurre ou fromage. C'est le moment des premières redevances, depuis Noël, en faveur du seigneur partant en campagne.

Mai représente un vieillard assis dans un verger en fleurs, rappelant la douceur de la saison et le dernier répit avant les gros travaux ; les loisirs ou les plaisirs du noble ce mois-là peuvent être évoqués sur d'autres calendriers.

Juin brandit la faux à long manche et lame à peine courbe sur un pré semé de fleurs ; un bonnet lui couvre la tête (ailleurs, il tond les moutons ou laboure la jachère).

Juillet, avec sa petite faucille, coupe les épis à mi-hauteur, laissant le chaume haut, qui servira à la pâture du troupeau ; les gerbes s'accumulent derrière lui ; un chapeau le protège du soleil.

Août bat le grain au fléau sur l'aire, parfois vanne, éparpillant au vent la balle, tandis que le grain plus lourd tombe dans un cuveau.

Septembre voit la récolte des fruits : des pommes que l'on gaule, des grappes que l'on cueille sur le cep ou la treille, bien que ce soit plutôt octobre qui, avec ses hottes, son tonneau, le raisin qu'il foule aux pieds, soit traditionnellement consacré au vin.

Novembre est le mois des labours et des semailles du blé d'hiver ; le grain tiré d'une besace est lancé à la volée, sur les mottes fraîchement remuées.

Extrait de "La vie au Moyen-Age" Robert Delort (le Seuil Paris).

Calendrier des saisons (août à décembre) - France Souvigny.
Cl. Giraudon-Lauros

Les Chevaliers

Prédestinés, doués par le sang de leurs pères d'une vertu particulière, ils ont reçu vers l'âge de vingt ans des armes bénies dont les prêtres les appellent à user pour de justes causes : la défense des clercs, des moines et du peuple désarmé, la propagation de la foi chrétienne.

Les Chevaliers entourent la personne du prince. Chacun s'équipe selon ses moyens, le mieux qu'il peut.

Valve de miroir. Roi assis, le faucon au poing, reine tenant un chien. Musée de Cluny. Cl. 404.

Chevalier en armes. Kunstindustrimuseet. Oslo.

La cérémonie de l'adoubement au XIIe siècle.

« Ayant en main Durandal la tranchante
Le roi la tira du fourreau, en essuya la lame
Puis il la ceignit à son neveu Roland
Et voici que le pape l'a bénite.
Le roi lui dit doucement en riant :
« Je te la ceins avec le désir
« Que Dieu te donne vaillance et hardiesse,
« Force, vigueur, et grande bravoure
« Et grande victoire sur les mécréants. »
Et Roland dit, le cœur en fête :
« Dieu me l'accorde par son digne commandement. »
Comme le roi lui a ceint la lame d'acier,
Le duc Naimes va s'agenouiller
Et chausser à Roland son éperon droit.
Pour la gauche, c'est le bon Danois Ogier. »

« La Chanson d'Aspremont. »

Ceux qui combattent : les chevaliers

Dans la chevalerie, l'ordre s'établit sur un contrat personnel : un homme, le vassal, se donne par l'hommage et promet aide et service à un autre, le seigneur, qui, en retour, lui promet protection et pourvoit à ses besoins, généralement en le dotant d'une terre, le fief. Un vassal peut choisir plusieurs seigneurs, ce fut le cas de Guillaume le Maréchal.

Le système, repose sur un ensemble d'obligations mutuelles que le vassal et le seigneur se doivent l'un à l'autre. Il institue une dépendance de caractère économique, du combattant envers son "employeur". La vie toute entière de Guillaume le Maréchal en est une parfaite illustration !

Au temps de Guillaume le Maréchal, les chevaliers constituent un "ordre", avec son rituel d'entrée initiatique (l'adoubement), son mode de vie, ses activités propres (tournois, chasse et guerres), son code de l'honneur... tels que les a abondamment illustrés la littérature courtoise. Le chevalier est une sorte de prestigieux parasite social qui, entre deux loisirs, vit près de sa tour (le plus souvent située, pour des raisons défensives, sur une "motte", et autour de laquelle se sont groupées les maisons du village) dans une aisance qui tranche sur le vulgaire, sa nourriture est abondante et riche (très carnée). Ses vêtements, étoffes précieuses et fourrures, ses bijoux, témoignent de sa noblesse. La chevalerie est aussi une espèce de grande famille où l'on vit, où l'on se marie, où l'on s'aide, entre soi. Ainsi se constitue, en plus du lien vertical entre le chevalier et son seigneur, un lien horizontal entre pairs. Mais, à la fin du XIIe siècle, une double crise frappe le monde chevaleresque : le manque de revenus, et la perte du monopole militaire au profit des mercenaires payés par le seigneur.

La guerre et le tournoi

La fonction essentielle, la raison d'être même pourrait-on dire, de l'ordre des chevaliers à la fin du XIIe siècle, c'est la guerre. Tout le code de l'honneur du chevalier vise à exalter sa "vaillance", c'est-à-dire sa vertu militaire. Et la religion l'encourage, en offrant au chevalier l'occasion de combattre dans des "guerres saintes", des Croisades.

Quand le chevalier n'est pas en guerre, il chasse. La chasse, à la fois sport et excellent entraînement physique, procure une nourriture carnée abondante. Elle permet au chevalier de faire preuve de sa vaillance, d'éblouir les dames, lors de chasses au faucon, particulièrement prisées au Moyen-Age. Le chevalier pratique aussi la pêche sportive, en rivière ou en étang, chasse à la loutre ou au saumon, avec, là encore, tout un apparat qui met en valeur son équipage.

Mais le plaisir majeur du chevalier, véritable exercice de combat, moyen aussi, comme pour Guillaume le Maréchal, de gagner de la réputation et de l'argent, c'est le tournoi. Le tournoi est un simulacre de bataille, comparable à ce que sont aujourd'hui les rencontres sportives. Comme elles, c'est un spectacle païen, attirant un grand public, et des commerçants. Comme elles, il a son cérémonial : présentation des champions et des bannières. Comme elles, il a ses enjeux : le chevalier doit y faire la preuve de sa bravoure, s'y tailler, surtout s'il est jeune, une réputation, y amasser le maximum de butin : le vaincu doit abandonner à son vainqueur son cheval, son harnachement, lui payer rançon s'il est pris. Le tournoi a aussi ses dangers : on peut y être cabossé, blessé, voire tué, ce qui est cependant assez rare.

Quant à la guerre, c'est le meilleur des délassements. La guerre est permanente au XIIe siècle, qu'elle soit privée (vengeances particulières ou répressions des révoltes), ou publique opposant des princes. Mais d'ampleur restreinte, dans l'espace et dans le temps, elle ne mobilise jamais beaucoup d'hommes. On sait ainsi qu'à Bouvines, en 1214, une des plus célèbres batailles du Moyen-Age, l'empereur Othon de Brunswick avait avec lui 1500 chevaliers et 7500 fantassins, et son adversaire Philippe Auguste, moins encore. Et Bouvines fut une des rares batailles rangées qui se soient livrées. Le reste du temps, la guerre, sauf pour un siège, prend le plus souvent l'allure d'une chevauchée ravageant et pillant le pays ennemi.

Psautier de Saint-Louis 1253-1270. Bibliothèque Nationale. Paris.

En bas à gauche : Reproduction des vitraux de Temple Church (où fut enterré Guillaume le Maréchal). Ouvrage de 1845. Bibliothèque Nationale. Paris.

Ville assiégée XIIIe. Estoire d'Outremer de Guillaume de Tyr (1229) Bibliothèque Nationale.

Les Clercs

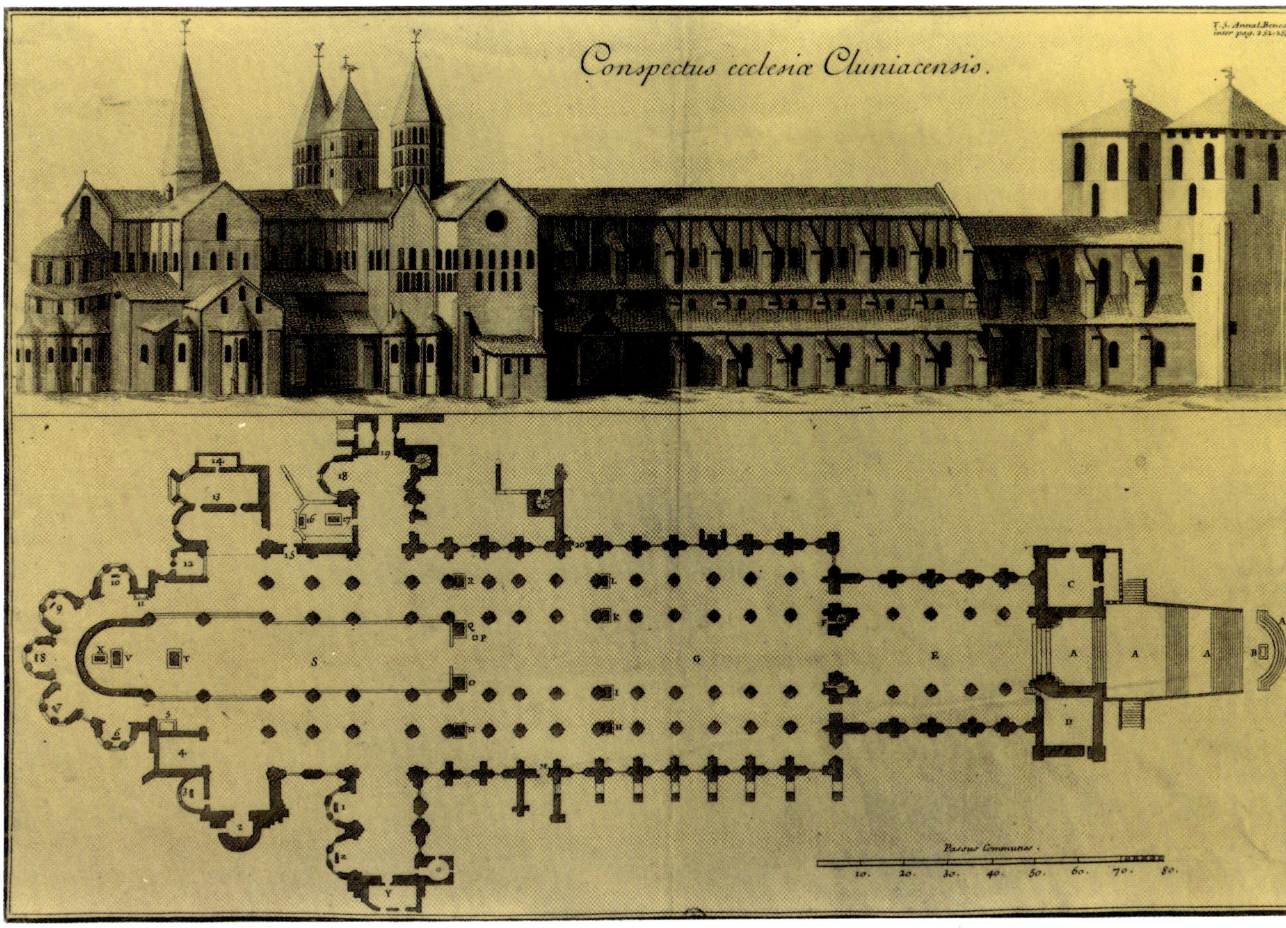

Abbaye de Cluny. Paris. Bibliothèque Nationale. Cl. Giraudon-Lauros.

Ceux qui prient.

Intermédiaire entre Dieu et les hommes, ceux d'entre eux qui Lui ont consacré leur vie ont tout normalement au Moyen-Age le premier rang en dignité.

Parmi les serviteurs de Dieu, il faut distinguer les moines. Ils sont partout, la plupart enfermés dans la clôture, d'autres sur les routes, en croisade, dans la vie de tous les jours, dans l'enseignement... Moines noirs ou blancs, mendiants ou combattants... Clunisiens, bénédictains, dominicains, franciscains.

Les clercs eux, ont l'administration des sacrements et le ministère de la parole. Ils forment un ordre très fortement hiérarchisé, du portier à l'archevêque, en passant par le diacre, le prêtre, etc. La paroisse, où vit un curé souvent aussi pauvre que ses ouailles, est la cellule de base de la société chrétienne occidentale. Tout en haut de la hiérarchie, l'évêque est un grand seigneur temporel, riche, doté de grands pouvoirs, religieux, judiciaires, politiques, administratifs. Il occupe une place de tout premier plan dans la société. Il peut espérer devenir un jour cardinal, un de ces vingt princes de l'Église que le Pape appelle auprès de lui à Rome, parmi lesquels il sera plus tard lui-même élu.

Les évêques sont élus par le clergé de la cathédrale, sur la recommandation du roi ou d'un prince, dont ils sont donc dépendants de fait.

Dieu est lumière

Brusquement, au XIIe siècle, le mouvement d'expansion s'accélère. De la croissance, la croisade, la ruée des chevaliers du Christ sur les richesses de l'Orient, l'aventure fabuleuse, est un signe. Il en est un autre moins éclatant, plus sûr, inscrit dans le paysage : c'est alors que se mettent en place les traits que celui-ci présente encore aujourd'hui. Des villages neufs, des champs florissants, des vignobles, et ce nouvel acteur, dont on découvre qu'il va s'emparer du premier rôle, l'argent. La monnaie, toujours trop rare parce que l'on en a de plus en plus besoin partout, parce que tous les commerces s'animent. A tous les étages de l'édifice culturel, les contrecoups de cet essor se sont répercutés. Le sentiment religieux prit une autre teinte, la conviction s'imposant que le rapport à Dieu est affaire personnelle, que le salut se gagne en vivant d'une certaine façon. De l'Apocalypse, le regard glissa insensiblement vers les Actes des Apôtres, vers l'Évangile, pour chercher dans cette part de l'Écriture des modèles de conduite. Une telle translation retentit directement sur l'œuvre d'art.

Georges Duby

Giotto : Innocent III et Saint-Francois d'Assise. Cl. Giraudon-Lauros.

La Papauté

Au XIIIe siècle, la papauté atteint l'apogée de sa puissance.

En 1179, le 3e Concile du Latran décrète que l'élection du pape se fera à la majorité des 2/3 des cardinaux.

Le pape Innocent III (élu à 37 ans en 1198) ne se dit plus seulement successeur de Pierre mais aussi vicaire du Christ, celui dont les souverains temporels tiennent leurs royaumes. "La dignité royale n'est qu'un reflet de la dignité pontificale" disait-il. Il se réserve le droit de déposer les rois en cas de faute. L'Institution des légats pontificaux contribue à centraliser le pouvoir à Rome et à diminuer les pouvoirs des évêques. La Sicile, l'Angleterre et le Portugal deviennent fiefs de l'Église romaine. Le pape intervient donc dans la politique germanique : Innocent III est tuteur de l'héritier du trône Frédéric II, à la mort de ses parents, il déclenche la croisade contre les Albigeois qui ont assassiné son légat. En Angleterre, il excommunie Jean Sans Terre qui avait confisqué les biens écclésiastiques. Menacé de se voir imposer l'exécution de cette sentence par Philippe Auguste, Jean Sans Terre se soumet au pape.

Saint-Thomas Becket (1118-1170)

Chancelier du roi Henri II d'Angleterre, il était lié à son roi d'une amitié ardente, partageant avec lui les plaisirs de la vie mondaine.

Le roi voulut faire de cet ami sûr, de cet auxiliaire docile un archevêque de Cantorbéry.

Après avoir hésité, refusé, Thomas Becket accepta cette charge, mais renonça à celle de chancelier, se convertit et devint l'ardent défenseur du pouvoir spirituel.

Ce qui devait l'amener à se dresser avec le pape contre les "Constitutions de Clarendon" par lesquelles Henri II entendait taxer et régenter l'Église d'Angleterre. Il dut s'exiler en France où il participa à une résistance active contre Henri II. Les deux anciens amis parvinrent à se réconcilier, mais de nouveaux conflits aboutirent à l'assassinat de Thomas Becket dans sa cathédrale par quatre chevaliers du roi. Il fut canonisé en 1173. Deux pièces de théâtre au XXe siècle retracent sa vie : Meurtre dans la Cathédrale de T.S. Eliot en 1935 et Becket ou l'honneur de Dieu de Jean Anouilh en 1960.

Les événements religieux

1145-1153 : Pontificat d'Eugène III.
1146-1148 : Deuxième Croisade, prêchée par Saint-Bernard, qui échoue.
1151 : Mort de Suger, abbé de Saint-Denis.
1153 : Mort de Saint-Bernard, abbé de Clairvaux.
1156 : Mort de Pierre le Vénérable, abbé de Cluny.
1159-1181 : Pontificat d'Alexandre III.
1170 : Meurtre de l'archevêque Thomas Becket.
1179 : Troisième concile du Latran.
1187 : Les Croisés perdent Jérusalem.
1189-1192 : Troisième Croisade, conduite par Philippe-Auguste, Richard Cœur de Lion et Frédéric Barberousse.
1198-1216 : Pontificat d'Innocent III.
1201-1204 : Quatrième Croisade, prise et sac de Constantinople.
1209 : Première Croisade contre les Albigeois.
1215 : Quatrième concile du Latran.
1219 : Cinquième Croisade, qui se dissout après la prise de Damiette.

Valve de boîte à miroir Homme et Femme jouant aux échecs. Musée du Louvre.

Homme et femme assis faisant de la musique sous des arcades trilobées. Musée de Cluny. Cl. 1838. France XIVe siècle.

Voici la traduction de La Belle Douette, une chanson de toile du XIIe siècle. On appelait ainsi de courts poèmes, composés de couplets et d'un refrain, comme les chansons que chantaient les femmes en tissant. Leurs thèmes se rattachent à ceux de la poésie courtoise. Ici, la Belle Douette attend dans son château le retour de son seigneur, le Comte Doon, qui est parti tournoyer. Ces textes sont en général anonymes.

Belle Douette à la fenêtre s'assied, lit en un livre, mais cela ne lui tient pas à cœur : il lui ressouvient de son ami Doon qui en d'autres terres est allé combattre en des tournois. Et maintenant en ai chagrin.

Un écuyer aux degrés de la salle est descendu, a détaché son bagage. Belle Douette les degrés en descend, ne pense pas ouir mauvaise nouvelle. Et maintenant en ai chagrin.

Belle Douette aussitôt lui demanda : "Où est mon seigneur que je ne vis de longtemps ?" Lui eut telle douleur que, de pitié, il pleura. Belle Douette alors se pâma. Et maintenant en ai chagrin.

Belle Douette s'est debout dressée, voit l'écuyer, vers lui s'est dirigée. En son cœur elle est dolente et chagrinée, pour son seigneur qu'elle ne voit pas. Et maintenant en ai chagrin.

Belle Douette se mit à lui demander : "Où est mon seigneur que je dois tant aimer ? – Au nom de Dieu, Madame, je ne le vous puis plus cacher : mort est mon seigneur, tué au tournoi." Et maintenant en ai chagrin.

Belle Douette s'est mise à en faire son deuil : "Pour votre malheur vous y fûtes, comte Doon, franc, débonnaire, pour votre amour je vêtirai la haire ; sur mon corps, il n'y aura plus de pelisse bigarrée. Et maintenant en ai chagrin. Pour vous je deviendrai nonne en l'église Saint-Pol".

Belle Douette se mit à faire une abbaye qui est très grande et toujours sera plus grande. Elle voudra y attirer tous ceux et celles qui pour amour savent endurer peine et malheur. Et maintenant en ai chagrin. Pour vous deviendrai nonne en l'église Saint-Pol.

Saint-Denis remet l'oriflamme. Cathédrale de Chartres. France XIIIe siècle.
Photo Giraudon-Lauros.

Sceau des échevins de la ville de Morbecque. XIIe-XIIIe siècle.
Cabinet des Médailles. Bibliothèque Nationale.

L'oriflamme est la bannière que le roi va prendre sur l'autel de Saint-Denis avant de se mettre en campagne pour défendre la paix de Dieu.

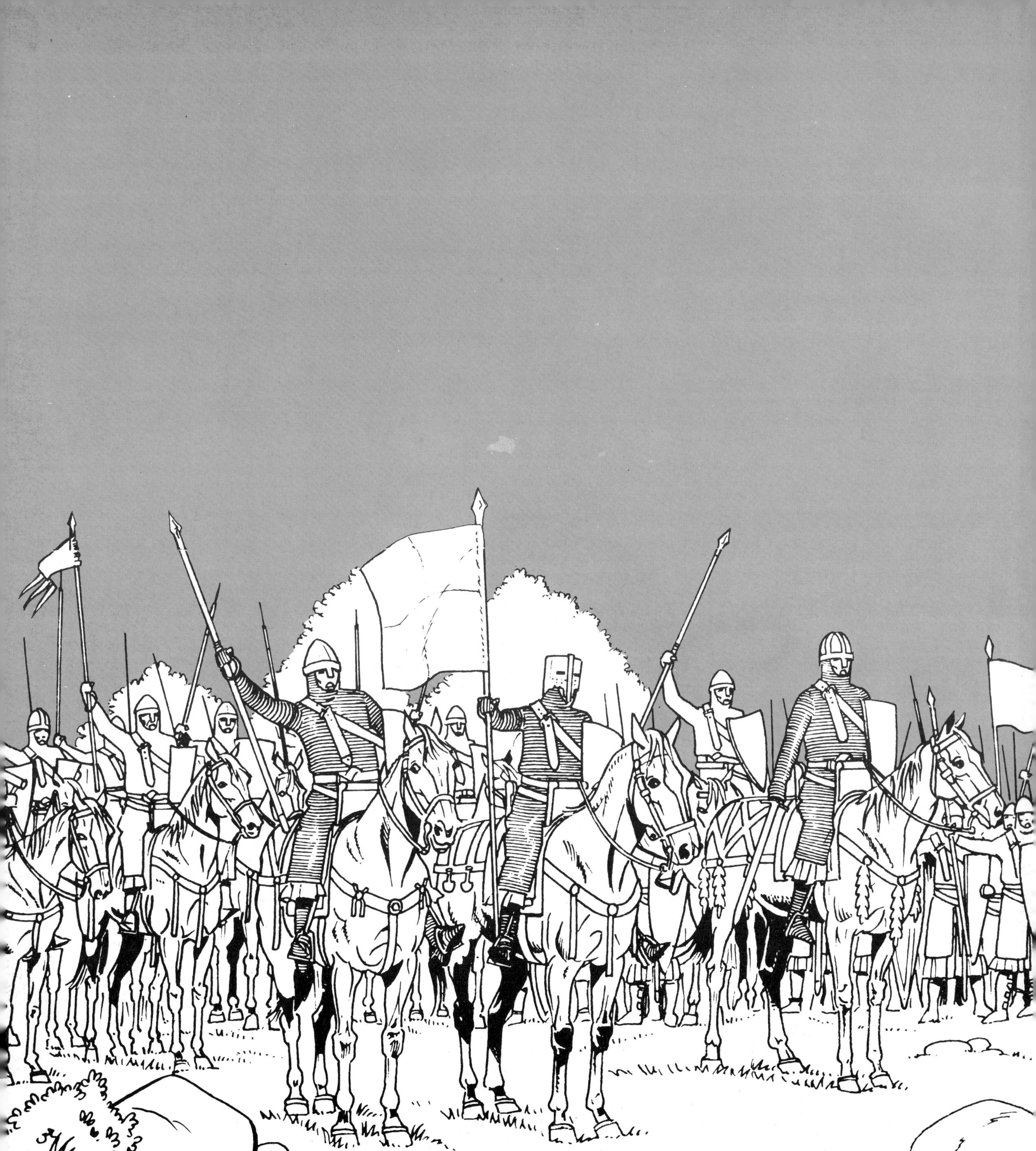